みんなのナポリタン

食堂のおばちゃん❾

山口恵以子

ハルキ文庫

角川春樹事務所

目次

みんなのナポリタン

食堂のおばちゃん9

第一話

豚汁日和

昨今の日本は暖冬傾向にあるが、それでも十二月半ばともなると、冬らしいキリリとした気温の日が訪れる。

まさに今日だ。そして、こんな日は豚汁日和《とんじるびより》でもある。

「豚汁！」

注文するお客さんの声が心なしか弾んでいる。

「はい、まいど！」

二三《ふみ》も張りのある声で注文を通す。

本日のはじめ食堂の日替わり定食は豚汁と大根バター醬油《しょうゆ》。焼き魚はブリの照り焼き、煮魚は銀ダラ。小鉢はかまぼことパセリの辛子醬油和《からしじょうゆあ》え、茶碗蒸《ちゃわんむ》しの二品。そして今日の味噌汁《みそしる》はすべて豚汁で、ワンコインも豚汁とご飯。漬物は京菜の糠漬《ぬかづ》け、サラダはドレッシング三種類がかけ放題。

もちろん、他の定食につける豚汁はお椀《わん》で出すが、豚汁定食とワンコインの場合はラーメン用の丼《どんぶり》でサービスするので、食べ応《ごた》えは満点だ。

大鍋《おおなべ》で作る豚汁は、大根・人参《にんじん》・里芋・こんにゃく・豚コマの各素材が互いに味を引き出し合って、家庭ではなかなか作れない深い味になる。ちなみに里芋は冷凍ではない。以前は「五十円プラス」で味噌汁を豚汁に変えていたが、今年からは「どうせなら皆さんに豚汁を召し上がっていただきたい」という従業員一同（といっても二三、一子《いちこ》、万里《ばんり》の三人しかいないが）の心意気で、すべて豚汁にしたのだった。

「あったまるなあ」

豚汁定食のお客さんは皆、おでこや鼻の頭に汗を浮かべている。

「おばちゃん、この白と緑、何?」

四人で来店したワカイのOLが、小鉢の皿を指さした。

「かまぼことパセリの辛子醤油」

「へえ、きれいねえ」

白いかまぼことパセリのみじん切りを醤油と練り辛子、オリーブオイルで和えただけの簡単なひと品だが、ご飯にもお酒にも良く合って、白と緑の色合いは見た目も美しい。味が浸《し》みやすいように、かまぼこはわざわざ手で千切ってある。

「こうやって食べると、かまぼこも意外と美味《おい》しいわね」

OLはかまぼこを箸《はし》でつまみ、感心した顔をした。

「お正月以外食べないから、知らなかった」

隣のＯＬは茶碗蒸しをスプーンで口に運んでいる。

「茶碗蒸しの日はなんか、得した気分」

向かいのＯＬ二人に言うと、二人は「うんうん」と頷《うなず》き合った。

「ねえ、揚げ出し豆腐もまたやって。あれ、大好きなんだ」

「ありがとう。じゃあ明日は揚げ出しね」

「やった」

「言ってみるもんね」

四人のＯＬは揃《そろ》って嬉《うれ》しそうな顔をした。こんな小さなことでもお客さんに喜んでもらえるのが、食べ物商売の醍醐味《だいごみ》だ。

茶碗蒸しはとても人気がある。高そうに見えて実はけっこう安く作れるのだが、頻繁に出すと飽きられるので週一回以下に抑えている。揚げ出し豆腐もまた然《しか》り。

「あたし、餡《あん》かけ豆腐も好きよ」

茶碗蒸しをツルリと口へ滑らせ、野田梓《のだあずさ》が言った。

「ああ、あれも良いですね。特に冬は……」

銀ダラの身に箸を入れて、三原茂之《みはらしげゆき》も頷いた。湯気の立つ餡かけ豆腐を想《おも》い出したのか、やんわりと頰《ほお》が緩んだ。

午後一時を過ぎると、潮が引くように店からお客さんの姿が消えて行く。梓と三原が来るのは一時を回って二十〜三十分過ぎた頃《ころ》で、ほとんどの場合店は二人の貸し切り状態になる。

「豆腐、納豆、梅干し、焼き海苔《のり》……若い頃は大してありがたみを感じなかった食べ物が、いつの間にかないと寂しくなってね。……年のせいかな」

三原は苦笑を浮かべ、ゆっくりと銀ダラを咀嚼《そしやく》した。

「年のせいだとしたら、人間の身体《からだ》って本当に良く出来ていると思いますよ」

カウンターの端に腰を下ろした一子が穏やかに微笑《ほほえ》んだ。

「若い頃は育ち盛り、働き盛りで栄養が要りますからね。肉と魚とバターとチーズってなりますよ。でも、段々年を取ってエネルギーを使わなくなると、若い頃は見向きもしなかった物の美味しさが分って、恋しくなる……自然の摂理は上手《うま》く出来てますね」

どちらからともなく二三と梓は目を見交し、頷き合った。還暦を過ぎた同い年の二人は、一子の言葉が身に沁《し》みて分る。

「私、若い頃は和食で会食があると、前もっておにぎりかラーメン食べたもんよ。和食だとコース一人前がオードブルみたいな感じで、お腹《なか》減っちゃって」

「あたしも二十代はラーメンと言えば豚骨だったわ。あっさり醬油味だと食べた気がしなくて。今、あんな背脂ぎんぎんの食べたら、胸焼けして大変よ」

「僕も学生時代はご飯は丼によそってましたよ。茶碗じゃ三口で終ってしまうんで、まだるっこしくて」

三原も大いに共感した口調で言った。

しかし、五人の中でただ一人の若者万里は、不思議そうに一同の顔を眺めていた。その顔にはありありと「この人たち、変」と書いてある。

「万里君だって、中学や高校の頃は今の倍くらい食べたでしょ？」

二三の問いに、万里は訝《いぶか》しげに首をひねった。

「サッカー部に入ってる頃は今より多少は喰《く》ってたけど、そんなに毎日腹へってた記憶は……」

「近頃の子は、食べ盛りとかないんじゃない？　生まれた時から色々揃ってるし」

梓が言うと、三原も「うちの親戚《しんせき》の話ですが」と前置きして続けた。

「最近の若い人はお餅《もち》を食べないですよね。僕が子供の頃は、正月のお雑煮が楽しみで、五、六個は当たり前だったけど、今は男の子でも二個くらいですよ」

「うちの要《かなめ》もお餅、一個ですよ。糖質制限とか言って。そのくせ〝スイーツ〟には目がないんだから」

「それそれ」

梓はピンと人差し指を立てて振った。

「今はきらびやかな食べ物が一年中街に溢《あふ》れてるでしょ。だからありがたみが薄くなっちゃったのよ。お餅だって一年中売ってるし、コンビニにはスイーツが揃ってるし……おまけに、美味しいのよね」

「そうよねえ。値段だって安いもんね」

二三はコンビニで見かける和洋のスイーツ類を思い浮かべた。百円から二百円の値段で、レベルの高い品が揃っている。二三が子供の頃、近所の駄菓子屋で買った菓子類とは完全に別物だ。

ましてや街中の洋菓子店のショーウインドウの中は、さながら宝石店だ。美しくて小さくて、その分値も張るが。

「考えてみれば、昔は何でもない日にケーキを買うってなかった気がする。誕生日とクリスマス、後はお客さんがお土産《みやげ》で持ってきてくれるとか」

「今はみんな、何でもない日に普通に買うわよね」

デパ地下にはスイーツの店がショーケースを連ねている。祝い事や記念日だけ買いに来るお客さんに頼っていたら、とてもあの店数は維持できない。いつの間にか日本人の食習慣は変化していたのだ。

「だからここで季節の料理をいただくと、ホッとしますよ」

三原が豚汁を啜《すす》って溜息《ためいき》を吐《つ》いた。

「豚汁と牡蠣《かき》フライは冬、冷や汁と冷やし中華は夏。銀杏《ぎんなん》は秋で、フキノトウと菜の花は早春……一年の移り変りを食べ物で感じられるのは、今やとても贅沢《ぜいたく》だ」

「そうね。ここで豚汁が出ると、ああ、一年も終りに近づいたなって気がする」

梓は豚汁を飲み干してお椀を置いた。

「そう言えば、今年もやるの、忘年会？」

「うん。お約束だから」

その年の最終営業日の夜は「忘年会」として、宴会料理を並べてお客さんにビュッフェ形式で振る舞うことにしている。

「今年は二十六日の土曜日にやるの。カレンダー通りで切りが良いから、そのまま冬休みに突入」

「ちょっと新作も考えてるんで、野田さんも三原さんも、時間あったら顔出して下さい」

万里がカウンター越しにひょいと顔を出した。

「新作ってなあに？」

「へへ。それは当日のお楽しみ」

万里は例によって得意気に反っくり返った。

「商売上手いわね。それじゃ、来ないわけに行かないじゃない」

「僕も、ちょっと顔出しますよ」

「ありあとっす」

万里はおちゃらけて答えたが、内心は普段のはじめ食堂では出せない宴会料理を作れることに、大いにやり甲斐《がい》を感じている。

梓は手提げから煙草《タバコ》を取り出し、百円ライターで火を点《つ》けようとしたが、店内は禁煙だと気付いて手提げに戻した。最近は日本も禁煙モードに突入して、煙草を席で吸える店はほとんどなくなってしまったから、食後の一服を心から楽しみ、大切にしていた梓としては寂しいかぎりだが仕方がない。

「でも、不思議ね。はじめ食堂の忘年会は万里君が来てから始まったのに、もう十年も前から続いているような気がするわ」

しみじみとした口調に、二三も感慨を誘われた。

「私たちも同じ。ずっと昔からやってる気がするわ」

一子は優しい眼差《まなざ》しを万里に向けた。

「あたしもふみちゃんも、心の中ではやりたいと思ってたんだね、きっと。万里君が来てくれて、図らずも望みが叶《かな》ったってとこかねえ」

「大袈裟《おおげさ》だな、おばちゃん」

万里は軽く受け流したが、その目は明らかに嬉しそうだった。

「え〜と、どれにするかな？」

康平《こうへい》はメニューとにらめっこしながら生ビールに口を付けた。

「く〜！　冬もやっぱ最初は生だな」

上唇の上に白い髭《ひげ》が生えた。それを手の甲で拭《ぬぐ》うと、お通しのカボチャのポタージュを啜った。最近は温かいお通しにすり流しスープを出すことが増えた。

「今日の小鍋立《こなべだ》ては……白菜の豆乳鍋と、無水油鍋？　どういうの？」

メニューから目を上げると、万里がカウンターから首を伸ばした。

「白菜と豚バラをゴマ油と酒と白だしで蒸し煮するだけ。ポン酢付けてお召し上がり下さい。ニンニク風味で美味《うま》いっすよ」

「豆乳鍋とどっちが美味い？」

「それはお好みで」

「う〜ん」

康平は眉間《みけん》にシワを寄せて腕を組んだ。

「悩んでる間に、マッシュルームガーリックとサーモンのタルタルでも食べない？」

「そうだな。食べながら考えるわ」

「あと、今日の一押しは有頭海老《ゆうとうえび》のチーズ焼き。魚政《うおまさ》のおじさんが豊洲《とよす》で仕入れてきたやつで、刺身でもいけるって。それにバジルソースとチーズ塗って焼くんだから、不味《まず》いわけがない」

「バジルとチーズも鉄板だよなあ」

康平は早くもゴクリと喉《のど》を鳴らし、グラスに残った生ビールを一息に飲み干した。

「おばちゃん、醸《かも》し人《びとく》九平次《へいじ》の雄町《おまち》、一合！」

康平は空になったグラスを掲げた。

「よう」

ガラス戸が開き、入ってきたのは山手政夫《やまてまさお》だった。

「おじさん、ご無沙汰《ぶさた》」

「しばらく」

山手はカウンターの一つ離れた席に腰掛けた。

はじめ食堂に来店するのは三日ぶりだった。以前は毎晩のように顔を出してくれたが、最近は週二回にペースが落ちた。年齢のせいもあるが、それ以上に御神酒徳利《おみきどっくり》だった後藤《ごとう》輝明《てるあき》が亡くなって、気力が衰えたのかも知れない。

「小生」

山手は生ビールを注文するとメニューを開いたが、眉《まゆ》をひそめて距離をあけた。老眼が急に進んだのだろうか。

「おじさん、今日の卵、ココットなんてどう？」

「何だ、そのコケコッコーってのは」

「西洋茶碗蒸し。ホウレン草とベーコンが入ってる」

「じゃあ、それくれ」

一子がカウンターの端から声をかけた。

「あと、有頭海老のチーズ焼きもお勧め。政さんとこから仕入れたのよ」

「そいつぁ、是非」

康平の前には早くもサーモンタルタルの皿が置かれた。粗みじんに切った鮭《さけ》の刺身と玉ネギ、パセリをマヨネーズと塩胡椒《こしょう》で和え、隠し味にレモン汁と擂《す》り下ろしニンニクをちょっぴり加えた。皿に添えたバゲットの薄切りはこんがり焼いてある。冷たいタルタルを載せて食べると、パンの温かさで鮭の旨味《うまみ》がより引き立つ。

「いやあ、うま……」

康平は鼻の穴から大きく息を吐きだし、醸し人九平次のグラスを口に運んだ。

「うん、合う、合う」

康平はグラスを置くと、デカンタをつまんで目の高さに持ち上げた。

「おじさん、次の酒はこれがお勧め。醸し人九平次の雄町。和の珍味系より、バターやオリーブオイルを使った料理に合うから、ココットや海老のチーズ焼きにぴったりし」

山手は大きく頷いて一子に目配せした。

「いっちゃん、俺《おれ》にもそれくれ」

そして康平に向き直り、生ビールのグラスを掲げた。

「お前は人を見る目はイマイチだが、酒を見る目は確かだよな」

「なんの、なんの。おじさんの魚を見る目には及びませんって」

「抜かせ」

康平と軽口を叩《たた》き合ううちに、少し元気のなかった山手もエンジンが温まってきたようで、顔にも声にも明るさが戻ってきた。

「熱いから気をつけてね」

山手がビールを三分の二ほど飲み干したタイミングで、二三はココットを出した。湯気の立つココット皿の中では、卵の黄色い衣の下からホウレン草の緑が顔を覗《のぞ》かせていた。

「康ちゃんも、火傷《やけど》しないようにね」

一子は康平の前にも同じココット皿を出した。皿からはガーリックの香りが溢れだし、オリーブオイルがまだぐつぐつと音を立てている。その中に鎮座しているのは、こんもり丸いマッシュルームだ。

「それもパンに合うのよ。お代わりできるからね」

康平はバゲットを千切ってオイルに浸し、口に放《ほう》り込んで「ハフハフ」と息を吐いた。

　隣ではココットをひと匙《さじ》口に入れた山手が、目を細めて舌鼓を打った。

「うん、美味い。オムレツも良いが、こっちのは卵の半熟がソースみてえだ」

　バターで炒《いた》めたホウレン草とベーコンの上に卵を落とし、オーブンで焼けば出来上がり。ラップしてレンジに入れても出来る。とろり半熟の黄身は山手の言うとおり、ホウレン草とベーコンを包むソースの役を担っている。

「おじさん、ナイスジャッジ」

　万里はカウンターの向こうで、ぐいと親指を立てた。山手は醸し人九平次のグラスをぐいと傾け、豪快に息を吐いた。

「おばちゃん、このパンも美味いね。何処《どこ》の？」

　康平はマッシュルームガーリックをバゲットに載せ、フーフーと息を吹きかけた。

「月島《つきしま》のハニームーン」

「……知ってるような、知らないような」

「姉弟《きようだい》二人でやってる小さいお店。たまにうちに見えるから、会えば分るんじゃない？」

「絶対知ってるって。どっちも美男美女だから、美人ウオッチャー康平さんのレーダーに引っかからないわけがない」

　万里がからかうように口を挟んだ。

「言われてみれば、何となく……」

康平はあらぬ方を見てタルタルをバゲットに載せた。頭の中では記憶の「美女アルバム」を開いているのだろう。一口かじって咀嚼すると、効果はたちまち現れた。

「うん、思い出した！」

お手柄のようにパチンと指を鳴らし、グラスを手に取った。

「店は知らないけど、お袋は買い物してるかも知れない。うち、朝昼どっちかはパンだから」

ハニームーンは萌香《もか》と大河《たいが》の宇佐美《うさみ》姉弟の営む手作りパン屋で、オープンして二年になる。姉弟はどちらもパン職人で、当初は食パンとコッペパンの二種類に絞っていたが、今はバゲット・バタール・クッペの「フランスパン大中小トリオ」も販売している。

その間も、万里は新作料理に取りかかっていた。

全長二十センチほどの有頭海老を縦半分に割り、身に市販のバジルソースを塗ってパルメザンチーズを振りかけ、魚焼きグリルで焼いて、仕上げにイタリアンパセリのみじん切りを振れば出来上がる。刺身でも食べられる海老だから、火の通し方はミディアムレアで充分。七〜八分でＯＫだ。

グリルからカウンターへ、バジルソースとチーズの溶ける良い香りが漂ってきた。

「美味そうだ……」

康平と山手が期待に胸と鼻の穴を膨らませたところで、新しいお客が入ってきた。

人気料理研究家の菊川瑠美《きくかわるみ》だった。

「こんばんは」

「先生、良いところへ！」

康平が片手を挙げて、隣の席を指し示した。

「今日の目玉料理が出来るとこですよ」

「あら、バジルの香りが……」

瑠美も鼻をヒクヒクさせながら、康平の隣に腰を下ろした。大きなショルダーバッグを提げているので、仕事が終って直接やって来たのだろう。住まいは店から徒歩五分の高級マンションである。

「はい、お待ちどおさま！」

二三が二枚の皿を康平と山手の前に置いた。半身に割られた有頭海老が、魅惑的な姿を横たえている。……もちろん一人一尾ずつで、それぞれの皿の上は半身二つのペアだ。

「こいつぁ豪儀だ」

「高級感満々」

「良い焼き加減ねえ」

三人はうっとりと皿の上の海老を見つめた。と、康平が我に返ったように声を上げた。

「おばちゃん、取り皿とグラス一個。それとお酒、お代わり」

二三はすかさず皿とグラスを瑠美の前に置いた。

「お裾分《すそわ》けです。この海老で、まず醸し人九平次の雄町を飲《や》ってみて下さい。洋の料理に合うんですよ」

「いつもすみません」

瑠美はペコリと頭を下げ、康平は「なんの、なんの」と手を振った。

「その代り、先生の注文した料理もチラッと味見させて下さい」

「もちろんですとも」

瑠美は椅子《いす》の上で身体をひねり、二三の方を向いた。

「ええと、カブラ蒸しと蓮根《れんこん》の挟み揚げ下さい」

「はい、ありがとうございます」

康平たち三人は早速有頭海老のチーズ焼きに挑んだ。

海老の持つ甘さが、バジルソースとチーズの力添えで際立っていた。どちらかといえば淡泊な身の旨味は、オリーブオイルやチーズと相性が良い。そして、海老味噌の濃厚な旨味が加わると、新たな次元が開けてゆく。

「新しいおしぼり出しますから、頭は手づかみで召し上がって下さいね」

二三に言われるまでもなく、三人は箸で味噌をすくい取ったあと、手で頭を割り、残った味噌を啜った。

バジルとチーズ、そして海老味噌の余韻を、醸し人九平次雄町の力強く爽《さわ》やかな旨味が、きれいに溶かし、流して行く。

三人ともしばし言葉もなく、海老の殻を見つめた。皿にはこぼれた海老味噌とバジルソースがほんの少し残っていた。

その様子に、万里が得意気に講釈を垂れた。

「市販のバジルソースを使うとこがミソです。時短になるし、それなりに味も決まるし」

ネットには「簡単」だという手作りレシピがたくさん載っているが、フレッシュバジル(高い！)を手に入れることから始めなくてはならず、そう簡単ではない。それなら新鮮な有頭海老に免じて、一手間省くのがはじめ食堂流（？）である。

「後藤にも喰わしてやりたかったな……」

山手がぽつりと独り言を漏らした。

「今頃天国で食べてるわよ、奥さんと一緒に」

一子が曇りのない表情で天井を指さした。

「政さんがそう思えば、気持ちは通じるわ。だって後藤さん、仏様になったんだもの」

山手は照れ隠しのように笑みを浮かべた。

「……そうか。うん、そうだよな」

そこへ、二三がバゲットの皿をカウンターに置いた。

「よろしかったら、残った味噌でどうぞ」

「あら、嬉しい！」

瑠美は早速バゲットを千切って皿を拭い、口に入れた。

「私、フランス料理にどうしてパンがついてくるのか、これやった時に初めて分ったわ。やっぱ、必要なのよ。スプーンやフォークじゃ、ソース取り切れないもん」

「なるほど」

康平も瑠美を真似《まね》てバゲットで海老味噌の残りを拭《ふ》き取った。

「先生、お酒、次はどうなさいます？」

「そうねえ。今更サワーやビールに行きたくないから、このまま日本酒でお願いします」

二三に答えてから、問いかけるような目で康平を見た。

「二杯目、何が良いかしら？」

「そうだなあ。カブラ蒸しと蓮根の挟み揚げだから……〆張鶴《しめはりつる》なんか良いですよ。素材の味を活《い》かした塩味の料理と合うんで」

「二三さん、〆張鶴二合とグラス二つね」

瑠美は弾んだ声で注文し、お通しのポタージュにバゲットを浸した。

料理研究家として多忙な毎日を送っている瑠美は「仕事で毎日料理しているので、プライベートで料理する気力がない」という理由で、はじめ食堂に夕飯を食べに来てくれる。

来店の切っ掛けは娘の要が瑠美の担当編集者だったことだが、週に一度は顔を出すほど気に入ってくれたのは「普通の美味しい料理が食べられる」からだという。毎日新しいレシピを考案しているので、普通のご飯が恋しいのかも知れない。

そして、今ではそこにもう一つの理由が加わった。

二三は、瑠美がいつしか康平を男性として意識し、好意を抱くようになったのだと思っている。今年の春くらいから来店回数が増えて、多いときは週三回も来てくれる。それも、康平がいる開店間もない時間に。

康平も、どうやら瑠美が嫌いではないようだ。いや、最近は毎回のように「お裾分け」をしているくらいだから、好意はあるに違いない。まだ瑠美ほど温度は上がっていないが、見通しは明るい。

康平と瑠美に幸せになって欲しいと、二三は願っている。いや、一子だって思いは同じだ。今の世の中では、康平も瑠美もまだ若い。しかし、あと十年もしたらもう若くはない。二人で新しい道に踏み出すのなら、若い方が有利だ。だから、一日も早く康平に覚醒《かくせい》の時が訪れるようにと、祈るような気持ちでいるのだった。

瑠美の注文したカブラ蒸しが蒸し上がった。

擂り下ろしたカブは穴子《あなご》の蒲焼《かばや》きを包み込み、生姜《しょうが》風味の餡をまとっている。小鉢から立ち上る生姜の香りの湯気が、瑠美と康平の鼻をくすぐった。

これはカブを蓮根に変えると「ハス蒸し」という料理になる。擂り下ろした蓮根はねっとりした食感で、あっさりしたカブとは趣が違うが、どちらも冬にピッタリのご馳走《ちそう》だ。

瑠美は皿にカブラ蒸しを取り分け、康平に勧めた。二人はふうふう言いながらカブラ蒸しを食べ、〆張鶴のグラスを傾けた。

やがてぽつぽつと新しいお客さんが入ってきて、客席は七割ほどが埋まった。

瑠美と康平の前には蓮根の挟み揚げの皿がある。厚さ五ミリほどに切った蓮根で豚の挽《ひき》肉《にく》を挟み、軽く小麦粉を振って揚げる。シンプルだが酒のつまみにピッタリだ。

「私、ナスの挟み揚げは辛子醬油だけど、これは塩胡椒なのよね」

「うん、俺も」

二人とも皿の隅に添えられた塩胡椒を少し付けて、ハフハフ言いながら蓮根にかじりついた。

「政さん、そろそろシメにする？」

空いた皿を下げにやって来た一子が尋ねた。

「そうだな。……今日は何がある？」

「豆乳鍋なんかどう？　最後にご飯か素麵《そうめん》を入れても良いし」

「うん、それが良い。シメは素麵で頼むわ」

山手の言葉に、康平もチラリと腕時計を見た。

「万里、こっちも豆乳鍋、頼む」

そしてごく自然な態度で瑠美に訊《き》いた。

「シメ、素麺で良いですか？」

「はい、是非」

お！　一歩前進かも。

テーブル席の新しいお客にサーモンタルタルを出してきた二三は、心の中で快哉《かいさい》を叫んだ。

「ねえ、二三さん」

厨房《ちゅうぼう》に下がろうとすると、不意に瑠美が呼び止めた。

「急に思い付いたんだけど、お店でオニオングラタンスープ、出さない？」

二三は反射的に万里の顔を見た。カウンターの向こうで、万里は明らかにパッと目を輝かせた。

「あのバゲット、ハニームーンの定番だし、良いんじゃないかしら。確か、まだオニオングラタンスープは出したことないでしょ？」

「先生、それ、いただき！」

万里がぐいっと親指を立ててつきだした。

「おばちゃん、やろう。季節は冬真っ盛り。オニオングラタンスープ日和です」

「手間はかかるけど、オニオングラタンスープなら一品料理で出せるし、それなりの値段取れるわよ」

オニオングラタンスープは玉ネギを飴《あめ》色になるまで炒めてコンソメスープで煮て、バゲットを入れてチーズを載せ、オーブンで焼く。表面の焦げたチーズはとろけて糸を引き、スープを吸ったパンはしっとりと柔らかく、玉ネギはあくまでも甘い……。

本当はフランスの家庭料理だが、当初日本では高級料理として紹介された経緯があり、高級フレンチの店でもメニューに入れていたりする。だから……。

二三の心もすでに走り出した。良いじゃない、オニオングラタンスープ！　手間はかかるが材料費はさほどでもない。そして漂う高級感。これは絶対、人気が出る！

「先生、ありがとうございます！　早速明日からでも、メニューに入れさせていただきます」

「おばちゃん、太っ腹！」

万里がカウンターの中でガッツポーズを取った。

「それじゃ、私も責任上、明日また伺いますね」

瑠美がニッコリ微笑むと、山手が誰《だれ》にともなく呟《つぶや》いた。

「スープにパンが入ってるって事は、日本でいえばおじやか雑煮みたいなもんか？」

「山手さん、近いです。それですよ」

「じゃあ、シメに良さそうだな」

康平もつられたように頷いた。

「俺も、明日のシメに頼もうっと」

二三は厨房に戻り、新メニュー誕生を祝して、万里と一子とハイタッチしたのだった。


「良いじゃん。居酒屋でオニオングラタンスープなんて、なかなかないよ」

その夜、いつものように閉店時間を回ってから帰宅した要は、賄いの載ったテーブルを見て目を見張った。

「これもすごいね、万里」

有頭海老のチーズ焼きを前に、思わず柏手《かしわで》を打った。今夜は万里の勧めに従っていつもの缶ビールではなく、白ワインの瓶が置かれている。

「普通の居酒屋で、なかなかないだろ?」

「ない、ない」

「タルタルとマッシュルームも、パンで喰ってみ。白ワインが止まらない味だから」

「能書きは良いから、早くワイン開けてよ」

要が口を尖《とが》らせると、万里は慣れた手つきでワインのコルクを抜き、要と自分のグラスに注《つ》いだ。はじめ食堂には種類は少ないが、赤と白のワインも置いてある。もちろん、康平の店から仕入れた品だ。

「いただきま〜す！」

要と万里はワインで乾杯すると、早速海老の身を口に入れた。

「んま〜！」

幸せそうに椅子の上で左右に身を揺すった。

二三はテーブルに並んだ「パンに合う」メニューを見て、今更ながら気になった。

「ねえお姑《かあ》さん。今日みたいなメニューなら、康平さんも白ワインの方が良かったかも知れないね」

「まあ、康ちゃんは日本酒は和洋中、全部に合うって考えだから」

「私も少しワインの勉強して、お客さんに勧められないとまずいかもね。これからオニオングラタンスープも出すわけだし」

要と万里は二三の言葉など耳に入らない様子で、海老の頭を割って味噌を啜り、バゲットで皿を拭き取った。

「いや〜、うちでこんなしゃれたもん食べられる日が来るとはねえ。ビックリだよ」

要はおしぼりで手を拭きながらしみじみと言った。

「お父さんとお祖母《ばあ》ちゃんがやってた頃は、何処にでもある普通の定食屋だったのに」

万里が真面目《まじめ》くさった顔で首を振った。

「その先は言わなくて良いぞ。全部俺の才能故だ、とか」

「ば〜か」

要は思いっきりバカにした顔で鼻にシワを寄せたが、バゲットにタルタルを載せて口に放り込むと、たちまち目を見開いた。

「でも、万里、あんたホントに才能あるかも。これもバカウマ」

「お前もやっと、俺の偉大な才能に気が付く日がきたようだな」

「へいへい。畏《おそ》れ入りました」

二三と一子はどちらからともなく顔を見合せた。昼間、梓と三原と交した会話を思い出したのだ。

「昔の人から見たら、今は毎日がお正月で、毎日が誕生日みたいだろうね」

「その割りに、あんまり贅沢してる実感もないけど。……慣れちゃったせいかしら」

二三が幼い頃、一般家庭にはエアコンもガス給湯器もなかった。あの頃家にそんなものがあったら、ずいぶん贅沢に思っただろう。しかし今は当たり前のように使っていて、そのありがたみが身に沁《し》みるのは故障した時だけだ。

「デパ地下のケーキなんて超お高いけど、ああいうのが売れてるんだから、やっぱり贅沢になったのよねえ」

するとと、白ワインを飲み干した要が首を振った。

「最近、街のケーキ屋さん、どんどん減ってるんだって」

「え？　そうなの？」

洋菓子市場は発展し続けているイメージなのだが。

「クリスマスとか誕生日にホールケーキ買う家庭が減って、売上げガタ落ちなんだって。特にクリスマスが痛いらしいよ」

「そういや、コンビニでも予約取ってるよな」

万里が言うと、要は白ワインのお代わりをグラスに注いだ。

「チョコレート業界はヴァレンタイン、ケーキ業界はクリスマスがかき入れ時で、売上げの半分以上がそこに集中してんのよ。ついでに言えば呉服業界は成人式ね」

「そう言えば、十八歳成人になったら、呉服業界はどうなるんだろう。みんなまだ高校生で、着物どころじゃないだろうし」

「どうもなんないっすよ。着物ってもう、オワコンでしょ」

万里は他人事《ひとごと》のように言うが、多少なりとも着物に親しみのある一子は溜息が出た。

「街からいろんなものがなくなっていくねえ」

一子の感慨は、二三の記憶を呼び起こした。二三は東京の下町で生まれ育ったが、大学を卒業して就職すると家を出た。

今はあの町の風景もすっかり変っているだろう。二三がいた頃でさえ、まず銭湯が姿を消し、個人商店が次々廃業していった。

「今の子供は、お豆腐はスーパーで売ってるものだと思ってるんでしょうね」

「でもお母さん、手作りパン屋さんって、最近増えてない？」

要の言葉で、二三はハッと我に返った。

「そうだ！　オニオングラタンスープやるなら、ハニームーンでバゲット買ってこないと！」


翌日、午後二時を回り、賄いの支度を始めたときだった。

「お忙しいところ、突然、すみません。お邪魔します」

遠慮がちに声がかかり、ガラス戸が開いた。表に坊主頭の男が立っていた。耳に鉛筆を挟み、今時珍しい紺の〝御用聞き風〟前掛けをして、足下には段ボールが置いてある。男はペコリと頭を下げた。

「初めまして。松原青果《まつばらせいか》と申します。野菜の注文販売をしています」

身長は万里と同じくらいだが、身体つきはもう少しがっしりしている。反対に顔と目は丸くて愛嬌《あいきょう》があり、どことなくキューピー人形に似ていた。年齢は三十くらいだろうか。

二三は差し出された名刺に目を落とした。「松原青果　松原団《だん》」とある。姓が松原で名前が団か？　住所は東京の江戸川区だった。

「私の家は農家でして、通年で野菜を作っています。祖父の代から銀座《ぎんざ》周辺のお店を回って、注文をいただいて野菜を届けています。今年になって、佃《つくだ》・月島方面にもお付き合いをひろげたいと思いまして……」

松原青果は店舗を持たない、配達専門の青果店だという。自家栽培していない野菜は葛《か》西《さい》の青果市場で仕入れるので、ほとんどの注文に対応できる。また、宮城県の農協とも取引きがあり、県の特産野菜も扱っている。

「前日に電話で注文していただければ、翌日の午前十時まではお届けできます」

団は自信たっぷりに付け加えた。

「うちは野菜作りの他に烏骨鶏《うこっけい》を飼育してまして、卵は通年で販売しています。あと、今の季節は宮城からセリが届くんですよ」

団は段ボールを店の中に運び入れ、蓋《ふた》を開けてセリの束を取り出した。

「これ、根っ子がそりゃあ美味しいんです、香りが強くて柔らかくて。向こうじゃ、きりたんぽやセリ鍋はこのセリを使うんですよ」

二三は差し出されたセリの束を手に取った。スーパーで売っている品よりずっと香りが濃い。根は細く、きれいに洗ってあるのか真っ白だった。二三は秋田の郷土料理を出す店で、根っ子のついたセリを食べたことがあった。あの香りと食感は忘れがたい。

「すみません、中、見せてもらって良いですか？」

「もちろんです。どうぞ、どうぞ」

団が段ボールを開いた。江戸川区を代表する野菜の小松菜、大根、長ネギ、ゴボウ、人参、里芋、ブロッコリー、キャベツなどが顔を覗かせている。どれも品は悪くなさそうだった。

一子と万里も二三に続いて段ボールを覗き込んだ。

「これはルッコラ？」

「はい。うちで作ってます」

「あら、葉付きなんて、最近珍しい……」

一子は大根を手に取り、振り返って二三を見た。

「なかなか良さそうじゃないの」

「お姑さんもそう思う？」

一子は立ち上がって団と向き合った。

「折角来て下さったんだから、これ、全部いただくわ。おいくら？」

団は弾《はじ》けるような笑顔になった。

「ありがとうございます！　今日はお近づきのご挨拶《あいさつ》なんで、お代の方は勉強させていただきます」

「それはいけませんよ」

一子はきっぱりと言った。

「うちとしても、お値段が高すぎたらお付き合いは出来ません。いつもの値段で、明細を出して下さいな」

「畏れ入ります。それではお言葉に甘えます」

団はペコリと頭を下げた。前掛けから商品伝票を出し、耳に挟んだ鉛筆を握って品目の横に金額を書き込んだ。

一子は明細を受け取ると、すぐ二三に渡した。築地《つきじ》場外の八百屋や近所のスーパーとあまり変らない値段だ。充分店で使える。おまけに配達してもらえるなら、大助かりだった。

あとは品質だ。いくらリーズナブルで便利でも、質の悪い野菜は店に出したくない。

「松原さん、今日はあくまでお試しで買わせていただきました。実際に使ってみて品が良くなかったら、注文は出来ませんので、どうぞ悪《あ》しからず」

「もちろんです。その点はうちも自信があります。どうぞ、存分にお試し下さい」

団は最後に「本日はありがとうございました」と最敬礼して、店を出て行った。

「配達専門の八百屋って、珍しいね」

「銀座にはクラブ専門に果物配達する店があったみたいよ」

二三は壁の時計を見上げた。

「さ、時間ないよ。早くご飯食べちゃおう」

その夜、はじめ食堂の夜の営業が始まると、前日大いに期待感をそそられた康平と瑠美が連れ立ってやって来た。

「いらっしゃいませ」

二三は早速おしぼりを出し、申し訳なさそうな顔で切り出した。

「実は、今日ちょっとしたハプニングがあって、オニオングラタンスープはもう少し先に延ばしたいんですよ」

「何かあったの？」

二三は午後に飛び込んできた松原青果のことを話した。

「そのセリがまた素晴しいの。だからお二人には、是非セリの小鍋立てを召し上がってほしくて。東京じゃ、根っ子付きのセリなんて、滅多に手に入らないから」

瑠美は興奮に目を輝かせて康平を振り向いた。

「康平さん、セリ鍋にしましょう。セリは新鮮さが命。明日より今日の方が美味しいわ」

康平もこだわりのない顔で頷いた。

「賛成。俺も前に、根っ子付きのセリ食べたことある。秋田料理の店で。美味かったな、あれ」

「そうそう。あれ、東京で食べるセリとは全然別物よね」

「ああ、良かった」

二三はお通しを出した。今日はカブのすり流しだ。

「ただ、ハニームーンのパンも無駄にしたくなかったんで、おつまみを作ったんです。明太アボカドと筋子サワークリーム」

「それをトーストしたパンに載せて食べるのね？」

「はい、はい」

「美味しそう。それ、下さい」

即座に注文して、瑠美は再び康平を見た。

「イタリアの前菜にあるんです。クロスティーニって言う。せっかくだから、ワイン飲みません？」

「良いですね。俺も昨日はワイン頼めば良かったと思って、少し後悔してたんで」

康平は宙を見上げた。はじめ食堂に卸した酒の種類を思い浮かべているのだろう。

「おばちゃん、スプマンテあったよね？」

「ああ、スパークリングね。お待ち下さい」

二三は冷蔵庫からイタリアのスパークリングワインの瓶を取り出し、フルートグラス二つを添えてカウンターに並べた。

「栓、抜こうか？」

万里が声をかけたが、康平は軽く首を振った。金具を外し、コルクにおしぼりを巻いて握ると、ポンという景気の良い音がして、簡単に栓は抜けた。

「スパークリングワインは日本酒と同じで、和洋中、何でもイケるんです」

グラスにワインを注ぎながら、康平は嬉しそうに説明した。

「じゃあ、セリ鍋にも合うかしら?」

「もちろん。でも、せっかく根っ子付きのセリできりたんぽを食うなら、俺は秋田の春《はる》霞《かすみ》がお勧めだけど」

松原青果が持ち込んだセリは宮城産だが、誰もそんなことは気にしない。

「お待ちどおさま」

二三はパンを使ったつまみを二品、二人の前に置いた。

ひと品はアボカドと明太子を混ぜてレモンを搾った具を、こんがり焼いたバゲットに載せ、焼き海苔をトッピングしたもの。レモン汁で味にメリハリがつき、焼き海苔の磯《いそ》の香りでワインが進む。

もうひと品は、やはりこんがり焼いた食パンにサワークリームと筋子を載せたもの。イクラより塩気の強い筋子は、サワークリームのほどよい酸味と相性抜群だ。パンは食べやすいように一枚を四つに切ってある。

「美味しいわ。見た目もおしゃれ」

「パンが乾燥してるから、やっぱり日本酒よりスプマンテが合う。ワインにして正解」

二人はグラスを傾けながら、メニューを開いて次の注文の相談を始めた。

「ええと、ルッコラのサラダ、里芋の唐揚げ、牡蠣のベーコン焼き、それと豚バラ大根下さい」

最初から二人でシェアするつもりなので、いつもより品数が多い。心なしか瑠美の声も弾んでいた。

「ねえ、先生」

二人の会話の切れ目に、万里が尋ねた。

「パンにあれこれトッピングしたイタリアの前菜、ブルスケッタって言うんでしょ？　クロスティーニとどう違うの？」

「私も詳しくは知らないけど、ブルスケッタはトーストしてからパンにニンニクとオリーブオイルを塗るみたい。あと、クロスティーニの方がパンが薄くて小さいとか……」

「まあ、イクラと筋子の違いみたいなもんすかねえ？」

「そうそう、そんなとこ」

瑠美は楽しげな笑い声を立て、グラスを干した。

「よう」

ガラス戸が開き、山手政夫が入ってきた。そして山手に続いて、桃田《ももた》はなが入ってきた。

アパレルメーカーに勤める万里の自称GF《ガールフレンド》だ。

「あら、はなちゃん。こんばんは」

「珍しいね、お揃いで」

「そこでバッタリ会っちゃって」

二人は並んでカウンターに腰を下ろし、康平と瑠美を見た。

「そっちこそ、珍しいもの飲《や》ってるじゃねえか」

「スプマンテ。イタリアの発泡ワイン。美味いよ」

康平は瓶を持ち上げて見せて「はなちゃんにグラス」と二三に声をかけた。

「ありがとう、康平さん。でも、どうして今日は日本酒じゃないの？」

「万里君がクロスティーニを作ってくれたから、特別に選んでくれたの。クロスティーニはパンにあれこれ載せた料理のことね」

瑠美が代って説明すると、はなは万里を見上げた。

「じゃ、私もそれね」

「おじさんはどうする？」

万里が尋ねると、山手は首を傾《かし》げた。

「う〜ん。俺はやめとくわ。乾きもんはどうも……」

二三がおしぼりを出すと山手は生ビールの小を注文した。

「取り敢《あ》えず、ウニ載せ煮玉子行っとく？」

「ああ、そうだな。あとは適当に見繕って」

お通しのカブのすり流しに続いてはなには二種類のクロスティーニが、山手にはウニ載せ煮玉子が出された。

「万里、これ、おしゃれだね。イタリアンの店かと思ったよ」

「だろ？　昨日なんか有頭海老のグリルがあったんだぜ」

「すごい、食べたい！」

「残念。今日はない」

「え〜？」

「泣くな。牡蠣のベーコン巻きを作ってやる。明太じゃがバターもあるぞ」

「芋でごまかすなよ。牡蠣！」

はなはクロスティーニをかじり、グラスに残ったスプマンテを飲み干した。

「あ〜、美味かった。ごっそさん。康平さん、次はどのお酒が良い？」

「何食べる？」

「牡蠣と、ルッコラのサラダと、揚げ出し豆腐」

「魚介と野菜と豆腐か。……山形正宗《やまがたまさむね》が良いんじゃないかな。万能型で、揚げ物にも合うし」

「万里、それ二合。グラス二つね」

そして山手の顔を下から覗き込んだ。

「おじさんも、飲むよね？」

山手はニヤリと笑って見せた。

「俺はヤングレディの誘いを断るような野暮天じゃねえよ」

「おじさん、話せる」

はなも笑顔になった。

世界を席巻した新型コロナウイルスはアパレル業界にも甚大な被害を与えた。はなの勤める会社も春夏物の在庫の消化に四苦八苦して、秋冬物の新作の仕込みは大幅に縮小せざるを得なかったという。

しかし、そんな中でもはなは元気で「ピンチはチャンス」とうそぶいている。「過剰供給に支えられた新品需要はもう期待できない。これからはリモートワークで萎縮《いしゅく》したおしゃれ心を如何《いか》に刺激するか、それが勝負の分かれ目よ」と、まるで評論家のようなことを言ったのは、夏の初めだったろうか。

「政さん、今日はとびきりのご馳走があるのよ」

根付きのセリの束を手にした一子が、カウンターを回って山手に近づいた。

「根っ子付きのセリか？　珍しいな」

「昼間、若い男の子が売りに来たの。宮城県とコネがあって、仕入れてるそうよ」

「ほう。じゃあ、今日のシメはきりたんぽかい？」

「きりたんぽ抜きのきりたんぽ鍋。セリとゴボウと鶏肉《とりにく》の小鍋立て。最後はやっぱり雑炊《ぞうすい》かしらね」

はなも物珍しげにセリの束を見た。

「おばさん、それ、根っ子も食べるの？」

「根っ子が美味しいって、八百屋のお兄さんは言ってたわ。秋田や宮城じゃ、みんな根っ子付きのセリを食べるんですって」

「へえぇ。ちっとも知らなかった。日本も色々だね。『秘密のケンミンSHOW』があんなに続くわけだ」

はなは感心したように言った。

やがてルッコラのサラダ、里芋の唐揚げ、揚げ出し豆腐、豚バラ大根と、注文の料理が次々に出来上がった。

「食べ終ったら、牡蠣のベーコン巻き出しま〜す」

万里がカウンターから声をかけた。

瑠美とはなはルッコラのサラダに箸を伸ばした。洗って千切ったルッコラに塩とオリーブオイル、粉チーズをかけただけのサラダで、ルッコラが美味しくないと悲惨なことになる。

「ああ、昔目黒《めぐろ》の『メッシタ』で食べたルッコラのサラダを思い出すわぁ」

瑠美がホウッと溜息を吐いた。松原青果のルッコラは上物だったようだ。

七時近くなると、新しいお客さんが次々に入ってきた。店はにぎやかになり、話し声と調理の音が入り交じった。

「はい、牡蠣のベーコン巻きです」

皿に載った六粒の牡蠣が、ベーコンの帯を巻いてホカホカと湯気を立てている。

「いただきま〜す」

カウンターの四人は一斉に箸を伸ばし、牡蠣を口に運んだ。

「……」

美味しい物を食べると、誰もが言葉が出なくなり、一瞬沈黙してしまう。

牡蠣と豚肉は相性が良い。ベーコンも然り。カリッと焼き上がったベーコンの内側で、牡蠣はあくまでふっくらぷりっとした食感を保っている。牡蠣から溢れる海のミルクとベーコンの脂が、渾然《こんぜん》一体となって舌に広がる。海の幸と山の幸の合体だ。

「万里、これ美味いよ！」

はなが叫ぶと、万里はニヤリと笑って「だろ？」と返した。褒《ほ》められて嬉しくない料理人はいない。

「この先、オニオングラタンスープもメニューに入れる予定」

「フレンチレストランみたい！」

「今度来たら喰ってみ」

万里の目尻《めじり》も下がりっぱなしだ。

「ねえ、先生、ちょっと相談なんですけど」

はなが瑠美の方に身を乗り出した。

「クリスマスに友達の家でホームパーティーやるんです。五人で集まって、それぞれお酒と料理持ち寄るんですけど、何作ったら良いですか？」

瑠美が答える前に、はなはあわてて付け加えた。

「私、料理できないんです」

瑠美は思わず絶句して、救いを求めるように康平を見た。康平もまた、黙って首を振るよりほかない。

「お母さんに手伝ってもらったら？」

二三が口を挟むと、はなは困ったように眉をひそめた。

「うちの親、しゃれた料理知らないんですよ。肉じゃがとか肉野菜炒めとか、そんなんばっかりで」

はなの両親は西日暮里《にしにっぽり》の繊維街で商店を経営している。夫婦共働きで忙しいのだ。しゃれた料理を作っている暇はないのだろう。

瑠美がポンと手を打った。

「炊き込みご飯が良いわ！」

瑠美の隣で、康平が首をひねった。

「でも、あれは手がかかるんじゃ……？」

「今、色々と売ってるじゃない、炊き込みご飯の素。あれとお米を電気釜《がま》に入れてスイッチ押すだけ。簡単よ」

「なるほど。そりゃあ失敗のしようがないわ」

康平はひどく感心したように頷いた。

しかし、はなは渋い顔で首を振った。

「だめ。それ、別の友達がやるって宣言しちゃったから」

「先を越されたってか。残念だったな」

山手は笑いをかみ殺し、はなのグラスに酒を注ぎ足した。

瑠美が再びポンと手を打った。

「そうだ！　はなちゃん、鍋よ」

「鍋？」

「今、市販で変った鍋の汁《つゆ》を売ってるじゃない。イタリア風とか、ボルシチ風とか。それを買って、材料は家で切って持って行くの。あとはお友達の家で鍋を借りて、煮るだけよ」

「それが良いよ、はなちゃん。そんなら失敗しないから」

間髪を入れず、康平が瑠美に賛同した。

だが、はなは渋い顔のまま腕組みをした。

すると万里がカウンターから身を乗り出した。

「はな、豚汁にしろ」

「とんじる？」

「材料切って、煮込んで味噌入れれば出来上がりだ。出汁《だし》なんか入れなくたって材料からいっぱい出汁が出るから、美味いぞ」

はなは不安そうな目で万里を見上げた。

まったく料理経験のないはなは「切って煮るだけ」と言われても、その工程をイメージできなかった。料理の本を読んでも意味が分らない。

そもそも料理の本は多くの場合、最低限の料理用語が分る人を対象に書かれている。〝落としぶた〟と書いてあったら鍋蓋や豚肉ブロックを床に落としてしまうような、そんな読者は最初から対象にしていない。

というわけで、はなは……。

「心配すんな。俺が作ってやる」

万里はドンと胸を叩いた。

「クリスマスのランチは豚汁にする。お前の分を取っといてやるから、会社終ったら店に寄って持ってけよ」

「いいの？」

「うちの豚汁は激ウマだからな。友達、ビックリして、お前の株上がるぞ」

はなは胸の前で両手を組んだ。

「ありがとう、万里。恩に着るよ」

「ただし……」

万里は厳かに、ようやく聞こえるほどの口調で言った。

「これに懲りて、少しは料理も作れよな。最低限、自分の喰うものくらい作れないと、コンビニがなくなったら生きていけねえぞ」

「うん、頑張る」

健気《けなげ》に頷いたと思ったら、今度はパチンと指を鳴らした。

「万里、オニオングラタンスープ、教えてよ」

「まだ早い」

万里は露骨に顔をしかめた。

「まずは豚汁から始めなさい」

「は〜い」

小さな笑いの輪が出来て、その真ん中に出来立てのセリ鍋が運ばれた。

クリスマスの翌日ははじめ食堂の忘年会になる。今年も大勢のお客さんが訪れて盛況になることを、誰もが分っていた。

第二話

参鶏湯で癒されて

二〇二〇年のクリスマスの翌日は土曜日に当たった。ここ数年来、一年最後の営業日に、はじめ食堂は忘年会を催している。

その日、開店間近のはじめ食堂は、割烹着《かっぽうぎ》からドレスに着替えたような変身ぶりだった。もちろん、天井にシャンデリアが輝いているわけではない。変身したのは料理だ。カウンターの上にずらりと並んだ大皿料理が、華やかな色彩で古い店を飾っている。

温野菜サラダは赤・白・緑・オレンジ・黄色が鮮やかで、鯛《たい》・鮭《さけ》・平目《ひらめ》の三種のカルパッチョは乳白色とサーモンピンク、そしてクロスティーニ——スライスしてトーストしたバゲットにオリーブオイルを塗り、様々な具材をトッピングしたイタリア料理の前菜——は、色とりどりで、まるで絵の具の箱をひっくり返したようだった。その隣では焼きたて熱々のスペアリブが、焦げ茶色の身体《からだ》を照り光らせて大皿に鎮座し、きつね色にカラリと揚がった衣をまとった海老《えび》フライは、赤い尾をピンと立てて存在を誇示している。

「要《かなめ》、暖簾《のれん》出して、看板のスイッチ入れてきて」

「は～い」

今日だけは、仕事納めの終った要も店の手伝いに立つ。日頃《ひごろ》家のことは何もしないので、せめてもの罪滅ぼしだ。もっとも、調理の役には立たないから、仕事は専《もっぱ》ら洗い物とお運びだが。

こうして常より三十分遅い午後六時、はじめ食堂は年内最後の営業をスタートした。

「こんばんは」

口開けの客は辰浪康平《たつなみこうへい》で、菊川瑠美《きくかわるみ》と連れ立っている。

「いらっしゃいませ！」

「ちょっと早かったかしら？」

瑠美は他に客のいない店内を見回した。

「いいえ、ちっとも。もうすぐ皆さんも集まるでしょう。ちょっと座って、おつまみで一杯やってて下さい」

忘年会はビュッフェ形式で、カウンターに料理とお酒を並べ、閉店まで食べ放題、飲み放題となる。会費は三千円。

料理はこの他にローストビーフ、尾頭付きのスペシャル魚料理、パスタ、炊き込みご飯が用意されていて、お酒は店にある日本酒・ワイン・ビールに加え、康平や三原茂之《みはらしげゆき》が差し入れてくれるシャンパンまで飲めるのだから、三千円は「持ってけ、泥棒」値段と言って良い。

「じゃ、まずはみんなで乾杯と行こうよ」

康平は持参のモエ・エ・シャンドンの瓶を取り出し、金具を外しにかかった。二三《ふみ》は戸棚を開けてグラスを六個出した。

「康平さん、毎年のことだけど、お代、要らないの」

「おばちゃん、毎年のことだけど、お気遣いなく。俺《おれ》の趣味だから」

モエ・エ・シャンドンの正価は五千円以上する。その上十四代《じゅうよんだい》の一升瓶も寄付してくれた。二三も一子《いちこ》も万里《ばんり》もありがたいと同時に恐縮していた。

ポンッと景気の良い音がして、シャンパンの栓が抜けた。康平は酒を注《つ》ぎ、一同はグラスを手にした。

「かんぱいっ！」

グラスを合せ、それぞれがシャンパンを口にした。甘く爽《さわ》やかで、キリリと引き締まった冷たい液体が喉《のど》を通り、もしかしたら戦後最悪だったかも知れない今年の様々な澱《おり》を、きれいに洗い流してくれるようだった。

グラスをおろし、康平と瑠美は興味津々で料理を眺めた。

「きれいねえ。お花畑みたい」

「どれから食べようかなあ」

要が瑠美の前にしゃしゃり出た。

「先生、温野菜サラダ、私が作ったんですよ」

「あれは作ったって言わねえだろ。切って蒸しただけ」

万里がバカにしきって茶々を入れる。

「ふん、だ。私の特製アンチョビソースを食べてからほざけ」

「それじゃ、早速いただきます」

瑠美が温野菜サラダを皿に取った。蒸したブロッコリー、人参《にんじん》、カリフラワー、ジャガイモ、パプリカ、カボチャは食感も彩りのバランスも良い。ソースは自家製タルタルソースと、バーニャカウダのアンチョビソースを添えた。

「うん、美味《おい》しい」

瑠美が大きく頷《うなず》いた。

「シンプル、イズ、ベストよ。野菜の旨味《うまみ》が生きてるわ。タルタルとアンチョビソースも、味に変化がついて良いわ」

康平は鯛のカルパッチョをつまんで舌鼓を打った。

「この鯛、ただの刺身じゃないんだね」

「分る？　昆布締《こぶじ》めにしてあるのよ」

一子が嬉《うれ》しそうに答えた。

平目はネギのみじん切りと塩で和え、熱したゴマ油をかけて〝中華風〟に、鮭は軽く〝漬《づ》け〟にしてからアボカドと和《あ》えて〝ポキ〟（ハワイ料理）風にしてある。同じカルパッチョだが、三つの国の味を楽しめるのだ。

「クロスティーニは、パーティー料理にはもってこいよね。この前お宅で食べたときから、忘年会に出るかも知れないと思ってたわ」

「モエにも合うしね」

康平は瑠美のグラスにシャンパンの残りを注いだ。

「おばちゃん、次、スプマンテもらえる？」

康平の勧めで、はじめ食堂では先月から、値段が手頃で味の良いスパークリングワインを二、三本仕入れるようになった。そのうちの一本だ。

「メインが出るまで、泡で行くのも良いんじゃない？」

「そうだね。カルパッチョにも良く合うし」

二人はそれぞれクロスティーニを手に、グラスを傾けた。

本日のクロスティーニのトッピングは、鶏《とり》のレバーペースト、クリームチーズ＆生ハム、明太子《めんたいこ》とアボカドのタルタル海苔《のり》載せ、卵のタルタル＆プチトマト、漬けマグロのネギトロ風等の〝おつまみ系〟と、クリームチーズ＆ブルーベリージャム、生クリーム＆黄桃缶詰の〝スイーツ系〟があって、辛《から》みと甘味で食べ飽きないようになっている。

「あら、どうしよう。止まらないわ」

「先生、ローストビーフが出るまで、抑えめに」

康平と瑠美は軽口を叩《たた》きながら、スペアリブを齧《かじ》った。タレに漬けてグリルで焼いたスペアリブは、オーブンで焼くローストビーフと火元が重ならないので、忘年会の常連化している。

「こんばんは！」

明るい声が響いた。入ってきたのは桃田《ももた》はなと、山手政夫《やまてまさお》だった。はなはしっかり山手と腕を組んでいる。

「いらっしゃい！」

一同も明るい声で二人を迎える。

「ねえ、ねえ、聞いちゃった。魚政《うおまさ》のおじさん、鯛とホウボウ寄付したんだって？」

はなは山手を盛り立てるようにはしゃいだ口調で尋ねた。

「うん。目の下一尺の、すごい鯛」

「すご〜い！」

はなは山手に尊敬の眼差《まなざ》しを向けてから、万里に目を戻した。

「どんな料理にすんの？　中華風姿蒸し？」

「それはちょっと言えないな。出来上がってのお楽しみ」

「康平さんお勧めのスパークリングワインなんか、どう？　大皿のおつまみとも相性ピッタリよ」

「ま、取り敢《あ》えず乾杯したら？」

二三は二人に席を勧め、おしぼりを出した。

「もう、ケチ！」

「うん、それにする！　おじさんは？」

「ここは皆さんにお付き合いするのが粋《いき》ってもんだろうな」

山手も相好を崩している。カウンターに並んだ色鮮やかな料理とはじめ食堂のお祭りムードで、気分も上り坂になったのだろう。はなとスプマンテで乾杯すると、一気にグラスを半分干した。

「おじさん、相変らず、良い飲みっぷりだねえ」

康平が冷やかすように言った。

「バカにすんなって。こいつあ、サイダーの親戚《しんせき》みたいなもんだろうが」

「おじさん、油断大敵だよ。これ、ビールより度数高いからね」

はなは席を離れ、カウンターの大皿から料理を取り分けて戻ってきた。

「さ、食べよう！　みんな美味しそう」

「この刺身は美味《うま》いぞ。うちから仕入れたんだ」

山手はカルパッチョをひと切れ口に入れ、満足そうに目を細めた。

「こんばんは」

また新しいお客さんがやって来た。野田梓《のだあずさ》と三原茂之だ。

「差し入れです」

三原は二三に手提げ袋を手渡した。中身は高級シャンパン、ヴーヴ・クリコの二本セットだ。

「まあ、いつもすみません」

「代り映えのしない代物ですが」

梓も大きな箱の入ったビニールの手提げを差し出した。

「苺《いちご》。デザートにしてね」

「野田ちゃん、悪いね。気を遣わせて」

「安心して下さい、千疋屋《せんびきや》じゃありませんから」

三人は小さく笑い、梓と三原はスプマンテで乾杯した。

開店から三十分過ぎると、店には次々と常連さんが訪れた。カウンターは料理でふさがっているので、基本的にはテーブルで立食になる。店の狭さはみんな知っているので、誰《だれ》も文句は言わない。

「こんばんは。良いですか?」

入り口の戸から顔を覗《のぞ》かせたのは、ハニームーンの宇佐美萌香《うさみもか》だった。後ろには弟の大《たい》河《が》がいる。

「いらっしゃい、どうぞ、どうぞ！」

満員の店を見て、足を引っ込めそうになった萌香を、二三が飛び出していって引き留めた。

「立食で申し訳ないけど、今、ちょうどローストビーフが出るところなんです」

「お宅のパンも大活躍ですよ」

瑠美がテーブルから声をかけ、クロスティーニの皿を指さした。

「お飲み物、シャンパンでよろしいですか？」

要がグラスを二個かざして尋ねると、萌香も大河も「もちろん！」と弾んだ声で答えた。

姉弟《きょうだい》は自分たちが焼いたバゲットで作ったクロスティーニを見て、目を輝かせた。

「きれいですねえ」

大河は早速レバーペーストのクロスティーニを口に運んだ。

「うん、美味い。バゲットもペーストも生きてる」

「漬けマグロがバゲットに合うなんて、ビックリ」

萌香も目を丸くして、半分齧ったクロスティーニを見直した。

「お宅のバゲットはシンプルで美味しいから、色々な具材と相性が良いんですよ。余計な味がついていると、喧嘩《けんか》しちゃうから」

瑠美が料理研究家らしい評価を述べた。

その時、大きな肉の塊を載せたまな板を両手に抱えて、万里が厨房《ちゅうぼう》から出てきた。

「お待たせしました！　ローストビーフです！」

まな板の上で、色よく焼けた牛肉はホンワカ湯気を立て、食欲を誘うように鎮座している。店内には歓声が沸き起こった。

今年からはホテルのパーティーを真似《まね》て、万里が肉を切って各自の皿にサーブすることにしたので、皆、万里の前に列を作った。アシスタントを買って出た要が隣に立ち、マッシュポテトとグレイビーソースを肉に添える。

「出版社のパーティーで、ローストビーフは見慣れてるわ」

とは要の弁だが、編集者は基本的にパーティーでは顔つなぎが役目で、あまり飲み食いしてはいけないことになっている。つまり見慣れてはいても、食べ慣れてはいないのだった。

「うう……。一年の終りは年越し蕎麦《そば》、はじめ食堂の終りはローストビーフかあ」

そう言って康平は肉汁を浮かべたローストビーフを頬張《ほおば》った。

「これ、きっとすごく良い肉なんだろうね？」

はながしみじみと言った。

「私の友達のお母さん、『安い牛肉でも工夫次第で美味しいローストビーフが出来る』って本に書いてあったんで、その通り試したら、硬くて入れ歯が欠けちゃったんだって」

一同は思わず吹きだしたが、瑠美は笑わなかった。

「それが本当なら、レシピを書いた人が悪いわ。筋切りするとか、お酒や果物と一緒に漬けるとか、硬い肉を柔らかくする方法はいくつもあるのに」

そして、あわてて付け加えた。

「でも、このローストビーフは上物よ。きっとすごくお高かったと思うわ」

万里はチラリと厨房を振り返り、二三と一子に目配せした。瑠美の言った通り、このローストビーフの肉はオージービーフのモモ肉をワインに漬け込んで柔らかくした。脂肪が少なめなので、肉本来の旨味がしっかりと味わえる。

ローストビーフが行き渡り、みんながたっぷりお肉を堪能《たんのう》した頃合いで、二三が声をかけた。

「皆さん、魚政さん提供の鯛とホウボウの料理が登場します！」

万里が大鍋《おおなべ》を持って厨房から出てきた。台拭《だいふ》きを敷いたテーブルに鍋を下ろし、木の蓋《ふた》を取ると、中から現れたのは……。

「アクアパッツァです！」

山手が眉《まゆ》を寄せた。

「なんじゃ、そりゃ？」

「イタリア料理で、魚のスープです。お出汁《だし》を使わないで水と白ワインで魚を煮て、味を引き出しているんですよ」

瑠美が簡単に説明した。

大鍋の中のスープは黄金色で、立派な鯛とホウボウが横たわり、周囲を海老とイイダコ、アサリが取り巻いている。赤いプチトマトと黒オリーブが彩りにアクセントを添えていた。

「あらかた食べ終ったら、残ったスープでパスタ作りますから」

万里がスープ皿にアクアパッツァを取り分けながら言った。

「万里、すごいね。魚下ろせるの？」

尾頭付きの魚を見て、はなが尊敬の眼差しを向けた。

「これは内臓と鱗《うろこ》取っただけ。下ろすのは、俺はまだ無理」

「教えてやるからいつでも声かけな。俺の目の黒いうちに」

山手が言ってスープを啜《すす》り、「うん、良い出汁だ」と呟《つぶや》いた。

アクアパッツァもまた、順調にお客さんの胃袋に収まっていった。

万里はパスタを茹《ゆ》でてフライパンに取り、残ったスープを絡ませた。少量のオリーブオイルとニンニクを加えるだけで、味付けは完成だ。

「出来ました！　あったかいうちにどうぞ！」

お客さんたちは皿に取り分けるのにはトングを使ったものの、食べる段になるとフォークではなく箸《はし》になった。麺《めん》を啜る音が遠慮がちに流れ、次第に堂々と響いた。

「うん、やっぱり、麺は箸だよな」

「賛成。パスタは中国から伝わったとも言われるのよ」

康平の言葉に瑠美が応《こた》える。はなも山手も宇佐美姉弟も、焼きそばを食べるようにパスタを口に運んだ。

今やはじめ食堂は満員御礼で、お客さん同士の肩が触れそうな状態だが、みんなこのイベントを心から楽しんでいた。あまりに大変なことの多かった年だから、せめて最後くらい気心の知れた人と、美味しい料理を食べ、美味しいお酒に酔い、おしゃべりに花を咲かせて過ごしたいのだった。

「ホタテの炊き込みご飯も出来上がりましたよ！」

一子がカウンターから顔を覗かせた。

「政さんとこで仕入れた刺身用のホタテだから、高級品よ」

要が厨房から木製の飯台を運んできて、カウンターに置いた。

通販で買った直径三十三センチの蓋付きで、酢飯を作るときに使っているが、お櫃《ひつ》としても利用できる。炊き込みご飯も白飯と同じく、本当は炊き上がったらお櫃に移した方が美味しいのだ。

「どうぞ、召し上がって下さい」

要が蓋を取ると、炊きたてのご飯から生姜《しょうが》と醬油《しょうゆ》の香りがフンワリと漂った。この香りに食欲をそそられるのは、日本人のＤＮＡに組み込まれた宿命だろう。

炊き込みご飯をよそってもらった茶碗《ちゃわん》を手に、みんな満足そうに目尻《めじり》を下げた。

「はい、デザートです」

梓に差し入れてもらった苺が登場した。ガラスの皿四枚に盛るほどあった。

「野田ちゃん、今年もありがとうね」

「お互いに。来年もよろしく」

二三と梓は苺で乾杯の真似をして、口に放《ほう》り込んだ。

やがてお客さんは、一人、二人と帰り始めた。

「どうぞ、良いお年を」

決まり切った別れの挨拶《あいさつ》も、今年はいささか趣が違う。来年こそは良い年になるようにと、誰もが本気で願っていた。

最後に山手と康平、瑠美が帰って行き、店は二三たちと万里だけになった。

「万里君、片付けは良いから、もう上がって」

一子は料理の残りを詰めた弁当パックをビニール袋に入れて、手渡した。

「ローストビーフとスペアリブ、それと炊き込みご飯ね」

「おばちゃん、サンクス」

「どうぞ、良いお年を」

「おばちゃんもね。じゃ」

万里は気軽に手を振って、店を出て行った。

万里の家は徒歩五分とかからぬ距離にある。年が明けたらまた顔を合せて一緒に働く。それが分っているのに、二三は少し感傷的になった。今日と同じ明日が来るわけではないと、今年の大騒動でいやと言うほど思い知らされたからだろう。

「要、片付けは明日やるから、もう良いよ。お姑《かあ》さん、今年の忘年会を記念して、三人で月虹《げっこう》に行こう」

「そうだね。あたしも一杯やりたい気分だ」

「お祖母《ばあ》ちゃん、大丈夫？　疲れてない？」

要が心配そうに尋ねると、一子はニヤリと笑って見せた。

「疲れたから、一杯引っかけるのよ」

月虹は清澄《きよすみ》通りに面した雑居ビルの二階にある、マスターが一人で営むカウンターバーだ。開店して二年ほどで、落ち着いた雰囲気と品の良いマスターの如才ない応対が心地良く、常連客も多い。

「こんばんは」

三人が入っていくと、カウンターには先客が二組いたが、一組は帰り支度をしていると
ころだった。

「いらっしゃいませ。どうぞ、空いているお席に」

マスターの真辺司《まなべつかさ》は三人に席を勧め、おしぼりを差し出した。

「お客さまから伺いました。食堂は今日で冬休みに入るとか」

「そうなんです。さっきまで大忘年会で、大わらわでした」

二三は手提げ袋を差し出した。

「これ、炊き込みご飯。お裾分《すそわ》けです」

「それはありがとうございます」

真辺は丁寧に頭を下げた。

「上にあるのはハニームーンのフランスパン」

真辺はもう一度小さく頭を下げ、紙袋を押し戴《いただ》いた。

実は、ハニームーンの宇佐美姉弟は真辺の子供だった。しかし、「駆け落ちして妻子を
捨てた」過去の経緯があり、自責の念から子供たちに会いに行くことを諦《あきら》めている。それ
でも、同じ月島《つきしま》に店を構えていれば、気にならないはずはない。

萌香と大河の姉弟は、気丈な亡母のお陰で父を恨んではいないが、今更親子の縁を復活

させたいとは望んでいない。たまたま同じ時期に同じ土地に店を構えた、ただそれだけのつながりと割り切っているようだ。

二三も一子も余計なお節介はしない主義だが、たまにハニームーンのパンを手土産《てみやげ》に月虹を訪れる。真辺はそれをよすがに子供たちが元気で暮らしている姿を想《おも》い、安堵《あんど》するらしかった。

「何をお作りしましょうか？」

真辺が尋ねると、要が早速リクエストした。

「マスター、今の季節に相応《ふさわ》しいカクテルをお願いします」

「畏《かしこ》まりました。皆さん、それぞれ別のカクテルでよろしいですか？」

「そうね。せっかくだから」

長年銀座《ぎんざ》で店を営んできただけあって、真辺の知識は豊富だ。どんなリクエストにも即座に応えてくれる。

今夜も手早く酒の瓶を選び出し、メジャーカップで量ってシェイカーに入れると、小気味よい音を立てて振った。

「まずは、ブルームーンです」

要の前に置かれたカクテルは、きれいな薄紫色をしていた。

「紫色なのにブルームーンなの？」

「何年かに一度、月に二回満月が出る現象が起こって、その月の色に似ているという由来はあるのですが、正直、私はピンときません」

真辺は苦笑を浮かべた。

「それより、この紫色が十二月の誕生石のタンザナイトに通じるので、それで作ってみました」

二三は横からカクテルグラスを覗き込んだ。

「昔の、ヴァイオレットフィズみたいな物？」

「はい。ガムシロップを入れないだけで、後は同じです」

ブルームーンはドライ・ジン、パルフェ・タムール（完全な愛）という紫色のリキュール、レモン汁で作る。香りが良くて飲みやすいが、度数は結構強い。

「どうぞ。一日遅れのクリスマス、スノーツリーです」

二三の前には鮮やかな緑色のロングカクテルが置かれた。飲み口を雪のように白く彩っているのはグラニュー糖だった。

「メロンとブルーキュラソーのリキュールに、スパークリングワインを合せました」

「きれいねえ。樅《もみ》の木に粉雪がかかったって感じ」

続いて一子のカクテルが出来上がった。グラスを満たす酒は真っ白で、飲み口はグラニュー糖で白く縁取られ、底には緑色の球体が沈んでいる。

「どうぞ。雪国《ゆきぐに》です。山形県酒田《さかた》市の名バーテンダー、井上計一《いのうえけいいち》さんが考案しました。グラスの底の緑はミントチェリーです」

井上計一は一九二六年生まれで、今も店に立つ現役最高齢バーテンダーだ。二〇一九年にはドキュメンタリー映画「YUKIGUNI」も公開された。まさに「生ける伝説」である。

雪国は一九五九年、川端康成《かわばたやすなり》の小説ではなく、井上自身の川柳をヒントに考案された。ウォッカとホワイトキュラソー、ライムジュースをシェイクし、緑色のミントチェリーを飾る。シンプルだがこの上なく美しいカクテルだ。

「乾杯！」

三世代の女三人組はカチンとグラスを合せた。冷たい酒が喉を滑り落ちると、甘さと切なさが胸に浮かび、消えて行く。

「ああ、お疲れ様でした」

誰からともなく、同じ言葉が口から漏れる。あと五日で今年も終るのだ。

「要、お正月はまた着物着る？」

「うん、着る！　お祖母ちゃん、着付けお願いね」

三人は月虹の落ち着いた雰囲気の中でゆったりと時間を過ごし、店を出る頃には日付が変ろうとしていた。

二〇二一年のはじめ食堂は、カレンダー通りに四日の月曜日から営業を開始した。開店と同時に常連さんがドッと店に入ってきた。今日の挨拶はお客さんも店側も「明けましておめでとう」だ。

「日替わり三つ！」

「煮魚と日替わり！」

「焼き魚！」

次々入る注文を、二三は逐一正確に厨房に通した。慣れ親しんだリズムが戻ってくる。いつものランチタイムの始まりだ。

日替わり定食は大人気のカツカレー。焼き魚は鮭の西京味噌漬《さいきょうみそづ》け、煮魚は赤魚。ワンコインも出血大サービスでカツカレー。小鉢は餡《あん》かけ豆腐と切干し大根。味噌汁はカブ。漬物は一子自慢の、柚子《ゆず》を利かせた白菜漬けだ。ご飯味噌汁はお代わり自由で、ドレッシング三種類かけ放題のサラダがつく。

極力既製品を使わずに、毎日手作りを心掛けている。値段は消費税込みで七百円。これは結構良心的だと、はじめ食堂のメンバーは自負している。

「おばちゃん、木曜は七草がゆだよね？」

カツカレーを食べ終ったワカイのOLが尋ねた。

「縁起物だから、食べてってね」

「私、七草がゆってここで初めて食べた」

一人のOLが言うと、同じテーブルにいた連れの三人も「私も」と頷いた。

「実はおばちゃんもそう。実家じゃ、七草がゆなんて作らなかったのよ」

二三は笑って空いた食器を下げた。

考えてみれば、今はスーパーで「七草がゆセット」を売っているが、二三が子供の頃はなかったような気がする。あの頃は「七草」が近づくと、八百屋で個別に七種類の野菜を買ったのだろうか？

そんなことがふっと頭をよぎったのも束の間《つかま》、店は二巡目に入り、新しいお客さんで満席になった。

注文を取り、定食の盆を運び、食器を下げて勘定をする……忙しく働くうちに、あっという間に一時間半が過ぎ、時計は一時を回ろうとしていた。

「ごちそうさま」

「ありがとうございました」

潮が引くようにお客さんは帰って行く。満席だった店は空席が目立ち、一時十分には一組を残すのみとなった。

二三は柱時計を見上げた。もうすぐ一時二十分になる。そろそろ野田梓と三原茂之が来る頃だ。

「三原さんも絶対にカツカレーよね」

テーブルを片付けながら厨房を振り返ると、一子はもうカツを揚げ始めている。

「外れたら、万里君にあげるから」

「ありあとっす」

万里は洗い物の手を止めて、ぐいと親指を立てて見せた。


その日の夕方、六時過ぎに食堂の電話が鳴った。料理研究家の菊川瑠美からだった。

「八時過ぎに二人で伺いたいんだけど、お席、良いかしら？」

「はい、二名様ですね。お待ちしてます」

二三が受話器を置くと、カウンターでビールを飲んでいた康平が訊《き》いた。

「瑠美先生？」

「うん。八時にお客さん連れてきてくれるって。先生、相変らず忙しいみたいね」

「新年早々、新刊ラッシュみたい。一杯企画が持ち込まれるんだってさ。彼女、人が好《い》いから、付き合いのある編集者から頼まれると断れないんだな」

康平が瑠美を語る口調には明らかに好意が籠《こも》っていた。

「少し休んだ方が良いと思うんだけどね。この五、六年、ずっと働きづめで、ほとんど休んでないって言ってた」

康平はそう言いながらメニューを開いた。

「ええと……春菊のナムル、ふろふき大根、カリフラワーのムース……セリ鍋のセリは、あの根っ子付いたやつ？」

「そう、あれ。今日、松原青果《まつばらせいか》さんが持ってきてくれたの」

「じゃ、シメでセリ鍋。あと、ジャガイモの明太バター焼きね」

「はい、ありがとうございます」

二三は伝票に書き込みながらチラリと康平を見た。

「康平さんの最近の好み、菊川先生に似てきたわね。野菜たっぷりでヘルシーで」

「いつの間にか、感化されたのかなあ。最近は一緒になること多いから」

康平はメニューを閉じて宙を見上げた。

「でも、良いことじゃない。四十過ぎたらヘルシー第一だよ」

万里がからかうように言ったが、康平は軽口を返すこともなく、神妙に頷いた。

その夜、康平は七時半には席を立った。

瑠美がやって来たのはそれから三十分ほど過ぎた頃で、三十代半ばくらいの女性と一緒だった。

「いらっしゃいませ。どうぞ」

二三は「予約席」の札を置いた席を指し示した。

「アシスタントの深山乙葉《みやまおとは》さん」

瑠美は連れの女性を紹介した。

「一番長いアシスタントさんで、七年前から助けていただいてるの」

「とんでもない。こちらこそ、先生にはお世話になりっぱなしで」

乙葉は地味だがしっかりした感じの女性だった。こういうアシスタントがいれば、瑠美も心強いだろうと思われた。

「はじめ食堂さんのことは何度も話したんで、一度はお店に連れてきたいと思ってたの」

「それは、大変ありがとうございます」

瑠美は席に着くと、忘年会でも飲んだスプマンテを瓶で注文した。

「ええと、お料理は……」

メニューを見ながら注文したのは康平と同じもので、それに下仁田《しもにた》ネギの豚バラ巻きと牡蠣《かき》フライが加わった。

「美味しい……。先生がご贔屓《ひいき》にするだけのこと、ありますね」

乙葉はお通しの叩きゴボウを口に運び、感心したように言った。

「でしょ？　それに、たまに私のレシピの料理も出てくるの。ここで食べて『そうか、こういうレシピ作ったな』なんて、改めて思い出したりするのよ」

乙葉と話しているときの瑠美は、人気料理研究家の顔をしていて、普段とは違うオーラがあった。

好きな仕事をして世間の評価も高いとなれば、前のめりに打ち込んでしまうのも無理ないだろう。康平の心配は尤《もっと》もだが、二三にも仕事に没頭していた時期があっただけに、瑠美の気持ちも分るのだった。

「まあ、なんか、フレンチレストランみたいですね」

カリフラワーのムースをひと匙《さじ》食べて、乙葉が目を丸くした。

「でしょ？　ここは普通の家庭料理もあり、ちょっとおしゃれなメニューもありで、毎日来ても飽きないわ」

瑠美は嬉しそうな声で言った。

「海老のグリルバジル風味とか、オニオングラタンスープも出てくるのよ」

「あらあ、食べたくなっちゃう」

「生憎《あいにく》今日は海老はないんですが、オニオングラタンスープは冬の定番にしましたので、いつでもご注文下さい」

二三はふろふき大根の小鉢をテーブルに置いて言い添えた。

瑠美は二三に笑顔で頷いてから、乙葉に向き直った。

「それにね、リクエストすればメニューにない料理も作ってくれるのよ」

「先生、常連感漂ってますねえ」

「恥ずかしながら、今じゃ家で料理するより、ここで夕ご飯食べる方が多くなって」

「分ります。毎日仕事で料理してるのに、プライベートまで料理作りたくないですもんね」

「ああ、乙葉ちゃんなら分ってくれると思ったわ」

二人はカチンとグラスを合せ、スプマンテを飲み干した。

その夜、瑠美と乙葉は話が弾んで大いに盛り上がり、料理も酒も速いピッチで胃袋に収めていった。

二三も一子も万里も、そんな二人の様子を微笑《ほほえ》ましく眺めたものだった。

ところが……。

次の週は月曜が成人の日で祝日だったので、会社・銀行・役所などは火曜日が週のスタートになった。

その夜、いつものように九時を回った頃に帰宅した要は、いつになく顔を曇らせていた。

「さっき、明後日《あさって》発売の『週刊潮流《ちょうりゅう》』の電子版が流れたの。菊川先生、ヤバいことになりそう」

要は「何かあったの？」と訊かれる前に、重い口調で言った。

「ヤバいって、何が？」

「告発記事が出た。何年も前からアシスタントのレシピを取り上げて、自分の名前で発表してたんだって」

「まさか！」

二三と一子と万里の三人が、同時に声を発した。

要は顔をしかめて大きなショルダーバッグを椅子《いす》に置いた。

「私だって信じないよ。ただ、長年先生のアシスタントやってる人が告発したんで、インパクトはデカいよ」

二三と一子と万里は、またしても同時にハッと息を呑《の》み、互いの顔を見合せた。

「アシスタントって、乙葉さんていう女の人？」

「名前は知らない。A子さんとしか出てないから。だけど、アシスタント歴は一番長くて、七年前から働いてるって書いてあった」

「そうそう。先生もそう言ってた」

「じゃ、やっぱり、先週一緒に来たあの人だ」

万里が言うと、一子も心配そうに眉をひそめた。

「真面目《まじめ》そうな人だったけどねえ。どうしてそんな嘘《うそ》を吐《つ》くんだろう」

「それより、告発記事が出るって分ってて、その直前までべったりすり寄ってるあの神経が、怖いわよ」

二三は瑠美と差し向かいで楽しそうに飲み食いしていた乙葉の姿を思い出した。あの時はすでに告発記事の内容を記者に話していたのだろう。二三は胸くそが悪くなった。まったく、どの面下げて、あんな……。

要は冷蔵庫から缶ビールを出し、苦そうに一口飲み下した。

「とにかく、こんな記事が出るとイメージダウンは避けられないよね」

「だって、そんな記事、事実無根じゃないの」

しかし、要は気の毒そうに首を振った。

「お母さん、私は前に担当だったこともあるし、先生の人柄をある程度知ってるから、信じないよ。でも、テレビや雑誌でしか先生を知らない人は、分んないじゃない、どっちが正しいかなんて」

要は忌々《いまいま》しげにもう一度缶ビールをあおった。

「哀《かな》しいことだけど、世間は正しいことより面白いことが好きなんだよ。人気料理研究家の菊川瑠美がこれまでのイメージ通りの、明るく誠実な人柄ですって言うよりは、実はブラックで弟子を搾取《さくしゅ》してレシピ横取りしてましたって言う方が、面白いじゃない」

一子は小さく溜息《ためいき》を漏らした。

「先生はどんなお気持ちだろうねえ。信頼していたお弟子さんに、こんなひどい裏切りをされて」

「そうよね」

想像すると、二三もやりきれない気持ちになった。

「明日、康平さんが店に来たら、先生に電話するように言うわ。こんな時は好きな人の声聞くだけで、いくらか違うでしょう」

「そうだよね。二人で酒の話でもすれば、少しは元気出るかも」

万里は脳天気な声で言ったが、実は四人とも、心の中では同じことを考えていた。

深山乙葉はどうして瑠美を週刊誌に告発したのだろう？


翌日、夜営業の口開けの客となった康平は、二三と一子から告発記事の話を聞かされると、開いた口がふさがらないという顔をした。

「なんだよ、それ？」

「私たちもさっぱりよ」

二三は「お手上げ」のポーズで首を振った。

「しかし、ひでえ奴《やつ》だな、そのアシスタントは」

康平は手を拭き終ったおしぼりを、カウンターに叩きつけるように置いた。

「いったい何の恨みがあって、そんなデタラメを……」

一子は腕を組み、思案するように首を傾《かし》げた。

「あたしの経験では、女がとてつもないことをやらかす時は、大抵男が絡んでるわね」

「つまり、裏に男がいるわけ？」

康平がカウンターから身を乗り出した。

「裏で男が糸を引いてるかどうか、そこまでは分らないけど、動機には男があるような気がする」

「でもお姑さん、菊川先生とお弟子さんが一人の男を争うなんて、ちょっと考えられないけど。もしそんなことがあったら、弟子はとっくに辞めてるんじゃない？」

康平が邪推しないように、二三はあわてて口を挟んだ。

「あたしもそんなことは考えてませんよ。ただ、偽りの告発をすることで、意中の男の利益になるとか、反対に不利益になるとか、そういうことがあるような気がしてね」

一子は樋口玲子《ひぐちれいこ》のことを思い出していた。もう五十年も前、亡夫孝蔵《こうぞう》に恋をした玲子は、孝蔵の心が一子から動かないことを悟ると、その腹いせに、孝蔵の独立した一番弟子が営む店の評判を落とそうと画策した。その弟子と一面識もなかったにもかかわらず、孝蔵憎さで頭に血が上っていたのだ……。

「とにかく、精神的に参ってなきゃ良いけど」

康平が悩ましげに呟いた。その夜は落ち着いて飲んでいられる気分ではなかったらしく、小一時間ほどでそそくさと席を立ち、店を出て行った。

翌朝、二三は六時に目を覚ました。布団を出ると身支度もそこそこに、コンビニへ走った。冬のこの時間、まだ日の出る前で、周囲は暗い。町には人影もまばらだった。

雑誌の棚から「週刊潮流」を抜き出した。表紙には「人気料理研究家・菊川瑠美の〝ブラック徒弟制度〟」という見出しが躍っている。レジで会計を済ませ、二三はその場で頁《ページ》を繰った。

特集記事は四ページに亘《わた》った。トレードマークの赤い縁のメガネをかけた瑠美の顔写真（白黒）が大きく載っている。

「レシピを横取りされ、菊川瑠美の名前で発表された」「三年前に独立を申し出たら、渋《しぶ》谷《や》教室の主任講師にするからと引き留められたが、その約束はいつの間にか反故《ほご》にされた」「菊川瑠美にインスピレーションが湧《わ》くと昼夜を問わず呼び出され、レシピ作りのサポートをさせられた」「七年間、まともな休暇ももらえなかった」「タレント性のある生徒は瑠美が自ら出版社に売り込んで料理本を出版させた」

以上が、A子さん（仮名）の告発内容で、記事は「角田等《かどたひとし》」という記者の署名入りだった。

一方の瑠美は取材に対して「告発の内容には、まったく身に覚えがありません。私はこの七年間、縁の下の力持ちで頑張ってもらったと思って、A子さんに感謝しています。何《な》故《ぜ》突然こんなことを言いだしたのか、見当もつきません」と、当惑するばかりでまともに反論をしていない。

両者の言い分を比べると、明らかに瑠美が劣勢だった。

帰宅すると、一子もすでに起きて、朝食の支度を整えていた。もっとも、最近の朝食はハニームーンのパンと決まっているので、トースターで焼くだけなのだが。

「出てるわ」

二三は一子に「週刊潮流」を手渡した。

「お姑さん、コーヒーと紅茶、どっちにする？」

「コーヒー」

一子が記事に目を通している間に、二三はパンをトースターに入れ、インスタントコーヒーにポットの湯を注いだ。二人とも砂糖と牛乳を少し入れる。

焼き上がりを告げるトースターの「チーン！」という音を合図に、一子は週刊誌を置いた。

二人とも、まずはコーヒーを一口飲んだ。砂糖と牛乳が入っているのに、今朝はいつもよりほろ苦い味がした。

「どう思う？」

二三はトーストにバターを塗っている一子に尋ねた。

「むずかしいねえ」

一子は眉をひそめて見せた。

「法律に触れるような話なら、これは事実と違うとか、反論のしようもあると思うけど、ここに書いてあるのは結局感情の問題でしょう。こんなひどいことをされましたっていう」

「……確かに」

「この記事の〝徒弟制度〟っていうタイトルが、上手《うま》いとこ衝《つ》いてるのよ。昔の料理人や職人の世界なんて、徒弟制度の最たるもので、今ならパワハラで訴えられるようなことばかりだった。だけど、昔の人はそれを〝修業〟だと思って耐えて、腕を磨いたわけだしね」

一子は言葉を切ってトーストを囓った。

「私もお姑さんと同じ意見。結局、先生はお弟子さんに感謝して仕事をしているつもりだったけど、お弟子さんにはブラック労働だったってこと?」

そこまで言って、二三は昨日の遣《や》り取《と》りを思い出した。

「ねえ、乙葉さんの告発の動機になったのがどんな男か、この記事から想像つく?」

「そりゃ、無理よ。千里眼じゃないんだから」

一子は苦笑を浮かべたが、次の瞬間にはふと引っ込めた。

「ただ、記事の中には男が誰も登場しないから、中身とは関係ない人かも知れないね」

「それじゃ、いよいよ私たちには知りようがないわね」

二三はトーストを千切って口に入れ、コーヒーでのみ下した。

その日、二三と一子は昼営業を終えて二階に上がり、テレビを点《つ》けた。

二時台は地上波三局が昼のワイドショーを放送している。どの局も菊川瑠美の週刊誌ネタを取り上げていた。扱いは大きくはなかったが、テレビで放送されただけで、週刊誌の読者の百倍近い人間に、瑠美がアシスタントに「ブラック徒弟制度」を告発された事実が知れ渡ることになった。

二三はやりきれない気持ちになってテレビを消した。

夕方店を開けると、いつものように一番乗りで康平が現れた。二三は早速康平に訊いてみた。

「昨日、電話したんでしょ。先生、どうだった？」

「死ぬほど忙しいって。突然アシスタントに辞められたでしょ。教室の準備とか雑誌の締切りとか、一杯重なっちゃって。まあ、元気でやってて、安心したよ」

康平は屈託のない口調で答えた。

その夜帰宅した要はさすがに編集者で、「ウィークリー・アイズ」にいる同期から内部情報を仕入れてきた。

「あれ、狙《ねら》ってたんじゃなくて、たまたまだって。デカいスクープ出す予定が、どういうわけかポシャっちゃって、穴埋め探してるときにあの記事を売り込んできて採用されたんだって」

「じゃあ、『週刊潮流』が調査したわけじゃないの？」

「違う。持ち込み。でも、穴埋めとしてはネームバリューある人のスキャンダルだから」

「そんなら、後追いは出ないわね。ちゃんと調べれば分ることなんだから」

「うん、そう思う。それに、不倫スキャンダルほど読者が食い付いてこないし」

二三も一子も万里も、要の言葉で一応安心したのだが……。

「週刊潮流」の記事は、二三たちの予想以上に大きな影響力を持っていたようだ。

月曜日から金曜日まで放送される十五分の料理番組があって、去年から瑠美は金曜日に講師として出演していた。放送時間は午前中で観《み》られないので、二三は毎回録画して、一日の営業を終えた後で観ることにしていた。

ところが、どういうわけか、その週の金曜日は瑠美が出演しなかった。急遽《きゅうきょ》、別の講師の録画分と差し替えたらしい。

「もしかして、先生、テレビ局から出演見合せとか言われたのかしら」

要がさすがに心配そうな顔をした。

「冗談じゃないわ。不倫騒動の芸能人でもないのに」

二三は腹立たしさに顔をしかめた。「芸と不倫は関係ない」というのが持論で、不倫自粛でさえアホらしいと思っているのだ。まして、嘘か本当か分らない週刊誌の記事で、瑠美の仕事が妨害されるなんて、許しがたいことだった。

「私、あの記事で気になることがあってさ」

要はちゃぶ台に「週刊潮流」を置き、瑠美の記事の載った頁を開いた。

「『タレント性のある生徒は出版社に売り込んで料理本を出版させた』ってあるよね。これ、相葉由布《あいばゆう》のことじゃないかな」

「だれだっけ？」

「元CAのタレントで、三年前に『スカイめし』って本出した人。結構売れたんだよ。その後すぐ、フライトで知り合った青年実業家と結婚して引退しちゃったけどね。確か、菊川先生の教室に通ってたんだよ。それで先生に推薦文頼んできて……」

その当時、要は実用書の編集部にいて瑠美を担当していたので、覚えているという。

「……そうか。自分は万年アシスタントなのに、生徒が先越して出版デビューしたら、頭にくるよね」

「ねえ、要」

黙って何か考え込んでいた一子が顔を上げた。

「あの記事を書いた記者、どんな人か知ってる？」

「角田等？　フリーランスの記者で、確かうちの『ウィークリー・アイズ』でも書いてるよ。私、名刺交換したことある」

「どんな人？」

「四十くらいかなあ。ソフトで人当たりの良いタイプ。だから相手が気を許して色々しゃべってくれるんだろうなって思った」

「そう」

一子は納得したように頷いた。

二三はおぼろげながら、一子が何を考えているか見当がついた。要は名刺交換しただけの角田等という記者のことを、かなり正確に思い出した。つまり、印象が強い、言い換えればアピールする力があるわけだ。

「お姑さん？」

一子は二三の目を見返し、確信に満ちた笑みを浮かべた。

週が明けて月曜日となった。

午後一時を過ぎると、ランチタイムの喧噪《けんそう》も静まり始めていた。野田梓と三原茂之が来店したとき、先客は二組で、どちらも勘定を済ませたところだった。

今日の日替わりはロールキャベツとチキン南蛮《なんばん》、焼き魚はアジの干物、煮魚はブリ大根。小鉢は春菊のナムルと煮玉子、味噌汁はジャガイモと玉ネギ、漬物はカブの糠漬《ぬかづ》け（葉付き）。ワンコインはほうとう（カボチャ入り味噌煮込みうどん）だ。

「ブリ大根」

梓は迷わず注文したが、三原は決めかねている様子だった。

「今日のロールキャベツ、ソースは何ですか？」

「今日はデミグラスになります」

「……そうだなあ。やっぱり、ロールキャベツ下さい」

「はい、ありがとうございます」

二三は厨房に引っ込んだ。いつものように、梓と三原には、日替わりの片方を小鉢でサービスするつもりだ。

「お待ちどおさま」

定食の盆を運んで行くと、梓はひろげていた週刊誌を閉じた。いつもは文庫本なのだが、表紙を見て納得した。「週刊潮流」だった。

食事を終えたタイミングで、二三はほうじ茶のお代わりを注ぎに行った。

「菊川先生も災難よね。ひどい記事書かれて」

二三の方から水を向けると、梓は週刊誌の表紙をコツンと指で叩いた。

「あたし、この記事書いた角田って記者、知ってるのよ」

梓は吐き捨てるように言った。

「前に、店の女の子と訳ありになってね。ママとあたしが間に入って、なんとか別れさせたんだけどさ」

二三は息を呑み、我知らず身を乗り出していた。

「早い話が、女の子が逆上《のぼ》せて貢いでたのね。そしたら他にも女がいて、修羅場。あたしにはさっぱりだけど、ああいうタイプが好きな人も世の中にはいるってことね」

「野田ちゃん、結婚詐欺師にイケメンはいないんだって。ただ、例外なくマメらしいよ」

「なるほど」

梓は皮肉に笑ってから、二三の顔を見上げた。

「そういうわけで、あたしはどうもこいつの記事は胡散臭《うさんくさ》い気がするのよね。告発したアシスタントのA子さん、角田に上手いこと言われて、話盛ったんじゃない？」

二三は厨房の一子を振り返った。一子は我が意を得たりと微笑んでいる。

「野田ちゃん、お姑さんも同じ考えなのよ」

「ホント？　自信が確信に変っちゃうわ」

梓は嬉しそうに笑顔になった。

「二三さん、そのA子さんはおいくつくらいですか？」

三原が遠慮がちに尋ねた。

「ええと……三十八か九です。来年はいよいよ大台って言ってるのを小耳に挟みました」

「うちのご常連の、ある高名な女性作家から伺ったんですが」

三原は帝都《ていと》ホテルの元社長で、今は特別顧問を務めている。

「女性は四十歳が間近になると、道を誤る危険が増すんだそうです。二十代から三十代初めまでは、仕事に打ち込んだりして脇目《わきめ》も振らずに過ごしてきて、三十代半ばになると立ち止まって周りを見る余裕が出来る。そして四十が迫ってくると焦り始める……。そうすると落とし穴にはまる危険が多くなる、と」

三原は申し訳なさそうに小さく頭を下げた。

「まあ、すべての女性を一括《ひとくく》りには出来ませんが、そういう傾向がある、というくらいの話です」

「いいえ、大変参考になりました」

二三はあわてて首を振った。

少なくとも、乙葉が瑠美を「裏切る」切っ掛けとしては、充分納得のいく説明だった。

その日の夕方、開店早々のはじめ食堂に辰浪康平が現れた。菊川瑠美も一緒だった。

「まあ、先生！」

「電話して誘っちゃった。少しは美味いもん食べないと、踏ん張りが利かないですよって」

「言われてみれば、ずっとまともな食事をしていなくて」

瑠美が恥ずかしそうに言った。一週間ほど見ないうちに、明らかに少し痩《や》せていた。やつれたと言う方が正しいだろう。

「さあ、どうぞ、どうぞ。お飲み物、どうしますか？」

「おばちゃん、景気付けにスプマンテ開けてよ」

康平が屈託のない声で言った。

今日のお通しはカボチャのポタージュ。生クリームを奮発してある。二人が選んだメニューは菜の花の白和え、カリフラワーのガーリックバター焼き、ハス蒸し、茹で卵とホウレン草のグラタンだった。

「牡蠣は、アヒージョとフライとバター醤油焼き、どれにする？」

「そうねえ。フライも良いけど、バター醤油焼きが良いかしら」

二人であれこれメニューを選んでいるうちに、瑠美を取り巻いていた屈託も、徐々に消えていった。

「あれ、参鶏湯《サムゲタン》なんて始めたんだ。これ、一日くらいかかるんじゃなかったっけ？」

康平が顔を上げて万里に尋ねた。

「一時間ジャスト。今注文してくれればシメに間に合います。先生の『簡単参鶏湯』のレシピです」

「あら、ありがとう」

「入ってるのは手羽元。おばちゃんたちと相談して、新しい食材に挑戦しようってことになって」

万里が確認するように二三を見た。

「他に、手羽先のさっぱり煮もご用意しました。こちらは二十分くらいで出来ますよ」

康平と瑠美は顔を見合せた。

「俺、せっかくだから参鶏湯が良いな」

「そうね。糯米《もちごめ》入りで、シメにピッタリだし」

二人の好みはまたしてもピッタリ一致した。

スプマンテが空いたところで、康平が急に真面目な顔になって瑠美を見た。

「週刊誌、訴えた方が良くないですか？　あんな根も葉もないこと書かれて」

珍しく、声には怒りが籠っていた。

「私も口惜《くや》しいけど、結局、裁判では解決しないと思うのよ」

悩ましげに眉を寄せ、瑠美は視線を落とした。

「例えば、レシピを横取りしたつもりは絶対にないけど、二人であれこれ話しているうちに『仕上げは柚子じゃなくて酢橘《すだち》にしたらどうでしょう?』って言われて、そのままレシピに採用したりとか、七年のうちにそういうことは何度もあるわ。新しい本のレシピ作りに夢中になって、終電なくなってタクシー代渡したことだって数え切れない。それを『超過労働』って言われたら、完全には否定出来ないし」

瑠美は両手の指でこめかみを押さえ、溜息を漏らした。先週一子が指摘した通り、一概には白黒の付けられない問題なのだった。

「あのう、実は要から聞いたんですけど」

二三は遠慮がちに口を挟み、相葉由布のことを訊いてみた。

「相葉さんは大学時代にミス東京になって、モデルとして活躍してからCAになった人で、普通の人とは立ち位置が違うんです。うちの教室に通い始めて二年で料理の本を出したのはビックリでしたけど、あれは彼女のタレント性に目を付けた出版社が依頼したことで、別に私が推薦したわけじゃありません。そんなこと、乙葉さんだって分っていたはずなのに」

案の定、瑠美はきっぱりと否定した。

「先生、それと、これはあたしたち全員の考えなんですけど……」

今度は一子が「乙葉は角田等に誘導されたのではないか」という意見を説明した。

瑠美にはまったくの寝耳に水だったらしく、驚きのあまり「そんな……」と言った切り、言葉を失った。

康平はそんな瑠美の様子を痛ましそうに見つめた。

そこへ、新しいお客さんが入ってきた。二人連れの常連さんとご新規三名さんだ。

「いらっしゃいませ！」

はじめ食堂の三人は、威勢良く声を張って、お客さんを出迎えた。

「おばちゃん、東洋美人《とうようびじん》、二合！」

康平も気を取り直したように声を上げた。

それから小一時間ほどして、厨房のキッチンタイマーが鳴った。参鶏湯が煮上がったのだ。

「熱いですから、お気を付けて」

土鍋からは盛大に湯気が立ち上っている。スープはコラーゲンが溶け出して濃い白色と化していた。

参鶏湯は本来は丸鶏の腹に糯米、生姜、ニンニク、クコ、クリ、干しナツメ、朝鮮人参《ちょうせんにんじん》などを詰めて煮るのだが、瑠美の時短レシピは手羽元を使い、材料を全部一緒に煮る。丸鶏を使っても食べる際には身をほぐすので、さほど違いはないというわけだ。

「朝鮮人参とクコは入れてませんので」

しかし、スプーンを口に運んだ康平と瑠美は、至極満足そうに目を細め、頰を緩めた。

「……美味い！　鶏がトロトロ」

「糯米がねっとりで、良い味」

「短い時間で、こんなになるんだ」

康平は感心したように改めて瑠美を眺めた。

「やっぱ、すごいよ。こんなレシピ考えるんだから」

「やだ、照れるわ」

「食べた人は分るって。菊川瑠美の偉大さが」

康平は真面目くさって言った。瑠美は「大袈裟《おおげさ》ねえ」と笑ったが、目は少し潤んでいた。


その後、菊川瑠美を巡るスキャンダルはあっという間に収束した。記事が出た二週間後、瑠美と「週刊潮流」の編集部宛《あて》に、深山乙葉から署名入りの手紙が届いたのだ。

「知人を通して知り合った角田等と恋愛関係になり、なんとか角田の役に立ちたいと思い、菊川瑠美先生を告発する告白をした。しかし内容はまったく事実無根で、自分の創作でしかない。自分はまったくどうかしていた。お世話になった菊川先生に恩を仇《あだ》で返したことを、心から後悔している」

ってもいないかったが、おそらく角田は別の女性とも懇《ねんご》ろになっていて、それを知った乙葉が逆上し、すべてを暴露したのだろう。

「週刊潮流」の編集部は非常に小さくだが、謝罪広告を出した。

同時に瑠美も「乙葉とは七年の間にコミュニケーションの齟齬《そご》が生じていたようだ。それ故に今回の騒動になってしまったが、自分にも責任があったと反省している。そして彼女の七年間の献身的なサポートには今も感謝している。これからの彼女の活躍を応援したい」というコメントを発表した。

二三たちは後になって知ったことだが、瑠美は乙葉の勤続年数を考慮して、キチンと退職金も支払っていた。

「いくら男に惚《ほ》れたからって、普通、そんなコトする？」

謝罪話を聞いた万里は、呆《あき》れ返って大袈裟に顔をしかめた。

「万里君の言うとおり。多分、彼女には長年の間に積もり積もっていた恨みがあったんだと思う」

「どんな？」

「万年アシスタントで料理研究家として一本立ちできないとか、二年しか教室に通っていない相葉由布が料理本出版したとか、菊川先生が売れっ子で収入が多くてマスコミで脚光浴びてるとか」

「なに、それ？」

万里がもう一度呆れた声を出した。

「逆恨みってやつよ」

一子がきっぱりと言った。

「逆恨みなんかすると、結局は全部自分に返ってくるんだけど」

二三は今日の参鶏湯用に仕入れた鶏の手羽元を見下ろして言った。

「そんな暇があったら、短時間で美味しく煮えるようなレシピを考えれば良かったのに」

「あの乙葉って人は、多分本気で男に惚れてたんでしょう。それなのに、せっかくの恋もずいぶん短い時間で終ってしまったね」

一子がしみじみと呟いた。

「じっくり煮込まないと、男女の仲も味が染みないのに」

第三話

ラム肉はピンク色

二月は冬の横綱だ。一年で一番寒さが厳しい。

二三は子供の頃から二月が苦手だった。寒くて暗いイメージがある。　次が三月で春の始まりなので、余計そう感じるのかも知れない。

はじめ食堂で働くようになって、少し二月のイメージが良くなった。大根・白菜・長ネギ・ゆり根・カリフラワーなど白い野菜はもちろん、小松菜やホウレン草、春菊《しゅんぎく》といった緑の葉菜も二月は旬《しゅん》だ。フグ、鮟鱇《あんこう》、金目鯛《きんめだい》、ホウボウ、ワカサギ、青柳《あおやぎ》、赤貝……冬の海は豊かな魚介に溢《あふ》れている。

カレンダーの中の年中行事に過ぎなかった節分とヴァレンタインデーも、食堂の新しいモチベーションに変った。お客さんに喜んでもらえる大事な季節のイベントだ。豆の小袋や小さなチョコレートを添えるだけで、お祭り気分を喜んでもらえる。

それに令和になって二月の祝日が増えた。一年で一番短い月に建国記念の日と天皇誕生日があるなんて、ちょっぴり贅沢《ぜいたく》で良い。

「と言うわけで今年は、ヴァレンタイン特別メニューとか、天皇誕生日奉祝メニューとか、やってみない？」

二三は一子《いちこ》と万里《ばんり》の顔を順に見て言った。今はランチタイム後の賄いタイムで、店にははじめ食堂の三人しかいない。

「特別メニューは賛成だけど、どっちも食堂休みだよ」

今年の二月十四日は日曜に当たる。しかし二三だってそれくらい、万里に言われるまでもなく分っている。

「当日じゃなくて、月曜から土曜までの通しメニューで提供するの。ヴァレンタイン週間とご奉祝週間」

「あ、そうか。そんなら良いよね」

「ふみちゃんはもう、新作メニューについて考えがあるみたいね」

一子はちゃんとお見通しだ。

「ヴァレンタイン特別メニューは、フィッシュパイなんかどう？」

「魚介のパイ包み焼きみたいなやつ？」

万里が怪訝《けげん》そうな顔で尋ねた。

「……と思うでしょ。ところが違うんだな。その実態は、シーフードを埋め込んだジャガイモ料理です」

「どこの料理？」

「イギリス」

「それだけでもう不味《まず》そうじゃん」

「万里君、偏見」

「俺《おれ》が言ってんじゃなくて、世界中の有名人が言ってんだよ。イギリス料理で美味《うま》いのは朝飯だけ、とかさ」

一子は何かを思い出すように宙を見つめた。

「うちの亭主は、移民の店の料理が美味《おい》しいって言ってたわ。イギリスは世界中に植民地があったから、色々あるんでしょうね。カレーだって、インドからイギリスに伝わって、それが日本に来たわけだし」

「そう言えば私もロンドンで、生まれて初めてパキスタン料理を食べたんだっけ……」

二三もつい昔を思い出した。大東《だいとう》デパートの衣料品バイヤーとしてニューヨーク、ミラノ、パリ、ロンドンを飛び回ったあの頃……。

「はい、術は解けました！」

万里が二三の顔の前でパチンと指を鳴らした。

「大変失礼致しました。つーか、寝てないから」

二三は一応ツッコミを返してから先を続けた。

「確かに万里君の言う通り、イギリス料理って昔はあんまり評判良くなかったけど、スコーンやビスケットやパウンドケーキの類《たぐい》は前から結構美味しかったわよ。それと、ジャガイモ料理はイケてるらしいわ」

ロンドンで実際に食べたわけではなく、フィッシュパイを紹介した本の受け売りだ。レシピを見ると、マッシュポテトでむき海老《えび》・アサリ・生鮭《なまざけ》を包み込んでオーブンで焼いた料理で、シーフードのポテトグラタンに近いだろう。これが美味くないはずがない。

二三も十年以上はじめ食堂で調理に携わった身だ。材料の組み合わせを見れば、味もおよその見当はつく。もちろん、料理人の腕次第で出来上がりの差はあるが。

「ま、ヴァレンタインにフィッシュパイは良いとして、天皇誕生日にちなんだ料理って、鯛の尾頭付きとか特A五番牛フィレ肉とかでしょ。採算合う？」

「違うんだな、それが。私が考えているのはラム肉です」

一子も万里も腑《ふ》に落ちない顔をした。

「なんで天皇誕生日がラム肉なの？」

「それはね、オッホン！」

二三は勿体《もったい》ぶって咳払《せきばら》いした。

「宮中晩餐《ばんさん》会で出されるお肉って、ラムが多く、鴨《かも》も時折出されるんだって。豚はムスリムの人がダメだし、牛はインドの人がダメでしょ。でも、鴨とラムは食物タブーに引っかからないから、安心なの」

「ああ、それで宮内庁は鴨場を持ってるのね。今の天皇陛下は皇太子時代に、外交官だった皇后陛下と市川の鴨場でデートなさったのよ。昔、テレビのご成婚特集で観《み》たわ」

一子は懐かしい記憶を披瀝《ひれき》した。

確かに埼玉県と千葉県には宮内庁の管理する鴨場があるが、それは食用の鴨の飼育が目的ではなく、伝統的な狩猟法を保存するために存在する。時には鴨場において、皇室が外国の要人をもてなすこともある。

「宮中晩餐会なんて聞くと、やんごとない感じがする。今までラムを下に見ていて悪かった」

万里は感心したように呟《つぶや》いた。

「で、おばちゃんはラムでどんな料理を考えてるの？」

「それは、まだ」

万里はテーブルの上に突っ伏す真似《まね》をした。

「まあ、ラムチョップ、ジンギスカン、シチュー、カレーくらいは考えてるけど。それと、ラム肉の香草パン粉焼きとか」

「一般的な肉料理ってそんなとこだよね。煮る・焼く・揚げる」

万里が指を折って数えると、一子が口を開いた。

「串焼《くしや》きもあるわね。シシカバブって、確か羊の串焼きでしょ。ラムでも良いんじゃない」

「剣に刺してあると、見た目も豪快だよね。まあ、うちはそんな道具ないけど」

「せっかくのスペシャル料理だから、骨付き肉を使いたいと思ってるの。見た目のインパクト重視で。そうするとラムチョップとかパン粉焼きとか、そこら辺に落ち着くのかしら」

二三は食後のほうじ茶を啜《すす》って首をひねった。

「でも、なんかピンとこないのよねえ。はじめ食堂でラムを出すなら、もう一工夫したいんだけど……」


その日の夜営業が始まった。

長らく五時半の開店早々店に顔を出すのが辰浪康平《たつなみこうへい》の習慣だったが、最近は菊川瑠美《きくかわるみ》の仕事終りに待ち合わせ、七時頃に二人で来店することが増えた。

今日の一番乗りは山手政夫《やまてまさお》と桃田《ももた》はなの〝お祖父《じい》ちゃんと孫〟コンビだ。

「入り口でバッタリ会っちゃって」

はなは山手の隣のカウンターに腰を下ろした。

「おじさん。最近、はなちゃんとバッタリ多くない？」

「そうかなあ」

山手には後藤輝明《ごとうてるあき》という小学校からの幼馴染《おさななじ》みがいて、二人して日《ひ》の出湯《でゆ》からはじめ食堂へと日課のように通ってくれたものだが、残念なことに後藤は去年亡くなった。御神酒《おみき》徳利《どっくり》の片割れを失って、山手は少し元気がない。孫ほど年の違うはなとたまに会うと、それだけで気分が華やぐようで、はじめ食堂に集うメンバーはみんなホッとする。

「小生」

「デコポンサワーね」

そして山手は、店ではなと会うと最初の一杯は必ず自分が奢《おご》る。はなも遠慮なくご馳走《ちそう》になり、ポンポンと話題を提供する。

「万里、今日は何が美味い？」

「全部」

「ベタなギャグかましてないで、さっさと教えて」

「カリフラワーのガーリック焼き、ふろふき大根、アサリのかき揚げ、菜の花とタコの塩《しお》麹炒《こうじいた》め。小鍋立《こなべだ》ては豚バラとホウレン草の酒鍋、大根とアサリの深川風。ハマグリもあるから、シメに潮汁《うしおじる》の煮麺《にゅうめん》喰うか？」

「喰う、喰う！」

はなは椅子《いす》から腰を浮かせ気味にして叫んだ。

「私、カリフラワーとアサリのかき揚げ。それと豚バラホウレン草ね！」

「へい、まいど。おじさんは？」

「今日の卵は？」

「今日は茶碗蒸《ちゃわんむ》しがお勧め。具材が白子でウニ餡《あん》かけの超豪華版！」

山手はたちまち目を輝かせた。佃《つくだ》で三代続く鮮魚店魚政《うおまさ》の大旦那《おおだんな》だが、一番好きな食べ物は卵なのだ。

「おう、是非《ぜひ》その超豪華版とやらをもらおうじゃないか。あと、ふろふき大根」

はなが隣で口を尖《とが》らせた。

「先に言ってよ。万里、私も茶碗蒸しね」

「卵のメニューはいの一番におじさんに知らせるのがうちの暗黙のルールなのさ」

「ま、いいか。取《と》り敢《あ》えず小鍋立てはパスしとくよ」

はなと山手はデコポンサワーと生ビールで乾杯し、お通しの菜の花のゴマ和《あ》えに箸《はし》を伸ばした。

「で、最近はどうだい、はなちゃんの業界は？」

「良くないよ。リモート増えたからスーツが伸び悩んでる。反対にチュニックやジャケットは多少良いけど」

「……ったく、どこも景気の良い話は聞かねえなあ」

「コンビニやスーパーは儲《もう》かってんじゃないの？　一時棚からトイレットペーパーとかカップ麺とか納豆、消えちゃったよ」

はなは目を宙に向けて指を折った。

「だからさあ、あのときスーパーの棚から消えた商品を作ってる会社は、きっと儲かってんだよ。マスクとかアルコールとか冷凍食品とかさ。それと、リモートの関連会社はウハウハだね」

万里は山手の前にふろふき大根を、はなの前にはカリフラワーのガーリック焼きを置いた。

「そういや、自転車が売れたって聞いたことあるぞ」

「コロナが流行《はや》ると自転車屋が儲かる……どういうつながり？」

公共交通機関の過密を避け、自転車通勤をする人が増えたからとも言われているが、部品を生産する中国の工場がストップして組立てが滞り、品薄になった面もあり、真偽のほどは判然としない。

「本は売れたんじゃないか？　みんな自粛で家に籠《こも》ってたから」

山手の言葉に、二三は首を振った。

「それが意外とそうでもないらしいわよ。大型書店と駅ビルやデパートに入ってる大きな本屋さんは、緊急事態宣言でみんな閉められちゃったし、出版社も広告が入らなくなって

　山手はふろふき大根を箸で割り、柚子味噌《ゆずみそ》をたっぷり付けて口に入れた。

「うん、美味い。冬はこれだ」

　ふろふき大根は柔らかく茹《ゆ》でた大根に甘味噌ダレをかけて食べる料理だが、下茹でした大根を出汁《だし》で煮たり、味噌ダレに挽肉《ひきにく》を加えたりと、レシピはいくつもある。

　はじめ食堂では大根は水煮し、甘味噌には柚子の皮を擂《す》り下ろして入れる。冬の滋味豊かな大根の美味しさを味わうには、ふろふき大根とおでんが双璧《そうへき》ではないかと、二三は思っていた。

「来週の月曜から土曜まで、ヴァレンタイン週間で新作料理出すんだ。一応二人前からなんで、良かったら友達誘って来いよ」

「へえ。どんな？」

「それは来てのお楽しみ」

「万里、この頃やたら勿体付けるよね」

「そりゃあ匠《たくみ》の技だからな」

「ば～か」

　軽口の応酬《おうしゅう》が続くうちに茶碗蒸しが蒸し上がった。

「こりゃまた、見事に高級な」

蓋《ふた》を取って山手が感嘆した。

「ウニ餡かけは、昔、私がテレビで観たの。白子を入れるのは万里君のアイデア」

「ま、俺も偶然ネットで見たんだけどね」

白子は湯通ししてから酒と塩を振りかけて下味を付けた。出汁で餡を作り、蒸し上がった茶碗蒸しにかけ、ウニと山葵《わさび》少々をトッピングして完成だ。

白子の濃厚でクリーミーな味が、茶碗蒸しを別次元に引き上げると言っても過言ではない。増してウニまで載っているのだから贅沢この上ない。

「火傷《やけど》しないように、気をつけてね」

はなはひと匙《さじ》スプーンですくい、フウフウと息を吹きかけてから慎重に口に運んだ。

「なんか、大人の味だね」

はなは溜息《ためいき》と共に感想を漏らした。隣で山手も大きく頷《うなず》いた。

「まあ、まだ改良の余地はあるけどね。白子をつぶして卵液と混ぜるレシピもあるし。まあ、最初だから白子の存在感を大事にしようってことで、こうなったんだけど」

「私が昔観た茶碗蒸しのウニ餡かけも、ウニをつぶして出汁でのばしてたわ。でも、万里君と同じで、せっかくウニ使うなら存在感出そうと思って、これにしたの」

「おばちゃん、正解だよ。ハッキリ形になってる方が、ありがたみがあるもん」

「それに白子も少し味がついてるよな。細工が細けえや。さすが超高級だ」

山手に白子の下処理を褒められて、万里は得意そうにニヤリと笑った。

「こんばんは」

そこで入り口が開き、辰浪康平と菊川瑠美が入ってきた。

「よう、はなちゃん」

「康平さん、今日のお勧めは茶碗蒸しだよ。白子が入っててウニ餡かけ！」

「すげえ」

万里がはなに向かってしかめっ面をした。

「バラすなよ。お楽しみは小出しにしようと思ってんだから」

「万里君、予告編も盛り上がるわよ。二三さん、スパークリングワイン、ある？」

「はい。今日はスペインのスパークリングワインを三種類ご用意してます。もちろん、辰浪酒店のお勧めで」

スペイン産のスパークリングワインはカヴァと呼ばれ、一般に美味しくて値段が安い。今日はバルディネット・モンサラ、ヴィン・イェット、そしてロゼのドン・ロメロの三種類を仕入れた。いずれも千円台で買える、手頃なワインだ。

「康平さん、どれが良い？」

「最初はイェットかな。辛口でサッパリしてる。次がドン・ロメロ。フルーティーで酸味と甘味のバランスが良い。モンサラはこの二つに比べるとちょっと甘口なんで、ラスト近くにデザート感覚で飲むと良いかもしれない」

康平は瑠美に解説してからカウンターに向き直った。

「と言うわけで、取り敢えずイェット二つ、グラスで」

一子は感心した顔で、二三に囁《ささや》いた。

「アルコール類に関しては、康ちゃんに任しとけば安心ね」

二三も黙って頷いた。

「ええと、カリフラワーのガーリック焼き、アサリのかき揚げ、菜の花とタコの塩麹炒め、豚バラとホウレン草の小鍋立て。それと、ふろふき大根と茶碗蒸しを二つ下さい」

瑠美はお勧めメニューに目を走らせ、よどみなく注文した。最近は康平と割り勘にするので、その分注文する料理が増えた。四十を過ぎて胃袋の小さくなった二人には、一つの皿を分け合える相手が出来たことは都合が良かった。それだけでなく……。

「康ちゃん、シメにハマグリの煮麵があるけど、どうする？」

「俺、もらう。瑠美さんは？」

「私もいただきます」

康平はいつの間にか瑠美を「先生」ではなく「瑠美さん」と呼ぶようになっていた。二人の仲がゆっくりとだが順調に進展している様子に、二三と一子は大いに喜んでいた。

スパークリングワインのグラスを合せ、康平と瑠美は割箸を取ってお通しをつまんだ。

「菜の花か。春が近づいた感じだな」

「節分も終ったしね」

「はじめ食堂、来週はヴァレンタイン週間で特別料理出すんだって。先生と康平さんも来るよね？」

「俺の夕飯はほとんどここだから」

「右に同じ。特別料理って楽しみだわ。何を出すの？」

「教えてくんないの。万里がケチで」

　はなが万里に「イーッ」という顔をして見せたので、二三は苦笑混じりに言った。

「まあ、先生に隠してもしょうがないから言っちゃいます。フィッシュパイです。先生のご本で見たんですよ」

「あら、懐かしい。結構初期の本よね」

「イギリス料理の特集が載ってて、シェパーズパイ、サマープディング、クリスマスプディング、トライフル、キャセロール、ローストビーフ……写真で見ると美味しそうでした」

「そう、そう。生まれて初めてヨーロッパに取材旅行に行かせてもらったときよ。フランスとイタリアから始まって、西ヨーロッパはほとんど全部、特集やったわ」

　瑠美は懐かしそうに目を細め、イェットのグラスを持ち上げた。

「でも、イギリスで一番感動したのはアフタヌーンティーよ。日本でも飲めるけど、やっぱり本場は違うわ」

「分ります。私も初めてあの三段重ねのお皿を見たときは、胸がキュンとしましたよ」

二三が生まれて初めてアフタヌーンティーセットを見たのはもう三十年以上前、大東デパートに就職したばかりの頃だった。銀座の喫茶店で三段重ねの皿を前に、まるで「ベルサイユのばら」が紅茶になったみたいだと感激した。

「今のおばちゃんが胸キュンしたら、心筋梗塞《しんきんこうそく》だよね」

二三はフライ返しで万里を叩《たた》く真似をした。こんな遣《や》り取《と》りは毎度のことで、漫才の持ちネタのようなものだ。

万里がふろふき大根とアサリのかき揚げをカウンターに出した。

「次、ガーリック焼きと塩麴炒め、出ます」

康平と瑠美はかき揚げを半分ずつ食べた。

「うん、揚げ物は泡が合うな」

康平がイェットを飲み干した。

「次は何が良いかしら」

「ガーリック焼きと炒め物だから、ドン・ロメロのロゼで良いんじゃないかな。俺、小鍋立てと茶碗蒸し出たら、日本酒に切り替えます」

「じゃ、私も同じで」

菜の花の旬は一月から三月まで、わずか三ヶ月しかない。一年中出回っている野菜ではないので、はじめ食堂もメニューに工夫を凝らしている。辛子和え・ゴマ和え・白和え・辛子マヨネーズ添えなどは一般的だが、さっと茹でてアクを取り、炒め物にしても美味しい。同じ材料でガーリックバター醤油《じょうゆ》で調味するレシピもあるのだが、カリフラワーと味付けがかぶるので、塩麹にした。

塩麹が調味料として一般に流通し始めたのは十年ほど前だが、野菜や魚の漬け床としての歴史は長く、江戸時代の文献にも記述がある。味噌や醬油と同じ発酵調味料で、塩味に発酵による甘味や旨味《うまみ》が加わっている。だから、不味いわけはない。はじめ食堂のランチの焼き魚定食にも、塩麹漬けは登場している。

康平と瑠美は料理を半分ずつ小皿に取り分け、ロゼのスパークリングワインを飲みながら平らげた。

山手とはなにはシメのハマグリの煮麵が出された。

「汁物と日本酒は、合うよなあ」

山手は潮汁を一口啜り、酒のグラスを傾けた。酒は山形正宗《やまがたまさむね》で、メリハリの利いた味なのに角がなく、スルリと喉《のど》を滑り落ちる感触が心地良い。こってりした洋風の料理にもよく合う。もちろん、康平の勧めで仕入れた。

「煮麺って、シメにピッタリだよね。胃に優しいもん」

「はなちゃんなら豚骨ラーメンだっていけるだろ。若いんだから」

康平が言うと、はなは目の前で割箸を振った。

「もう若くないよ。老化って二十歳から始まるんだって」

一同は思わず互いの顔を見合ってしまった。

「はなちゃんが若くないなら、私たちどうなるの！」

瑠美がムンクの「叫び」のように両耳を手でふさぐと、二三も同じポーズで叫んだ。

「お骨かミイラか化石よ！」

「そ、そういう意味じゃないから」

はながあわてて取り消そうとすると、一子がニッコリ微笑《ほほえ》んだ。

「何はともあれ、みなさんゴールは遠いわよ。人生百年時代に突入したみたいだから」

それはもはや未来ではなく現実で、日本の場合で言えば現在十歳の子供の半分以上は百歳まで生きるという。

「だから若い頃から健康に気を遣うのは良いことよ。いくら若くても、寝る前に豚骨ラーメンは胃が疲れるわね」

はながカウンターを見上げた。

「だよね。万里は寝る前に豚骨ラーメン食べる？」

「基本なし。俺、ウイークデイは昼夜ここで賄い喰ってるから、腹へらないし」

「ドカ食いして良いのは、お相撲《すもう》さんだけか」

すると瑠美が首を振った。

「アスリートはみんな結構、食事制限厳しいのよ。お相撲さんも身体《からだ》を作る食事法が確立してて、好き勝手に何でも食べられるわけじゃないみたいよ」

「あ、俺、聞いたことある。近所の焼き肉食べ放題の店に行っても必ずご飯とセットで、肉だけをドカ食いはしないんだって。糖質とセットにしないと太れないから」

万里が言うと、瑠美が大きく頷いた。

「激しい朝稽古《あさげいこ》の後に山のように食べて昼寝……あの生活パターンが力士体型を作るのね。太るだけなら夜食食べるのが一番効くんだけど、太ってれば良いってわけじゃないから」

二三が同情を込めて言った。

「それにしても相撲部屋の近くで焼き肉食べ放題なんて、リスク多すぎよね」

「おばちゃん、そういう店は値段表に〝大人・子供・力士〟って書いてあるんだよ」

春の宵のはじめ食堂に、温かな笑い声が湧《わ》き上がった。

「こんばんは」

二月九日、夕方の開店間もないはじめ食堂にやって来たのは、手作りパンの店ハニームーンを営む宇佐美萌香《うさみもか》・大河姉弟《たいがきょうだい》だった。普段は午後七時まで開けているが、火曜日は定休日なのだ。

「テーブル、良いですか？」

「どうぞ、どうぞ」

朝ご飯はほとんどハニームーンのパンなので、二三は週二〜三回は買いに行く。そこでしっかり〝ヴァレンタイン週間〟をアピールしたので、二人揃《そろ》って来てくれたらしい。

「お飲み物は何がよろしいですか？」

二三がおしぼりを持っていくと、二人はメニューから顔を上げた。

「私、ドン・ロメロ下さい」

「僕は生ビール、小」

そしてフィッシュパイを指さした。

「これ、これ、特別メニュー」

「後は菜の花のゴマ和えとフキノトウの天ぷら、ハス蒸し、ロールキャベツ」

「シメは絶対鯛茶漬けね！」

鯛の刺身をゴマだれで和えて出汁をかけるお茶漬けは、実は出汁なしで食べても美味い。

万里は早速フィッシュパイを準備した。グラタン皿にパセリのみじん切りを混ぜたマッシュポテトを敷き、炒めた玉ネギ・小海老・鮭を載せ、またマッシュポテトを載せる。そこに砂抜きしたアサリを口を上にして埋め込んで、予熱したオーブンに入れる。十〜十五分焼いてアサリの口が開いたら、常温のバターを少しずつ口に載せて出来上がりだ。

生のままオーブンで焼いたアサリの身は少し乾いた感じになるが、水分が飛んで味が濃くなる。溶けたバターの風味も重なって、ワインやビールに良く合う。もちろん日本酒もイケる。

宇佐美姉弟はフィッシュパイを口に運ぶと、カウンターに向かって嬉《うれ》しそうに頷いた。

「これ、パンにも合いますね！」

「ええ。お宅のバゲットにピッタリ」

萌香はよほど気に入ったのか、大河に何やら耳打ちしてカウンターを振り向いた。

「これ、焼く前の状態でテイクアウトできませんか？　容器はうちから持ってきますから」

「良いですよ、うちの容器でお持ち帰り下さい。今度お宅に買物に行ったとき、返してもらいますから」

「すみません」

姉弟は揃って小さく頭を下げた。パン作りに勤《いそ》しんでいる若い姉弟は旺盛《おうせい》な食欲を見せた。たちどころにグラスを空にし、二杯目に注文したイエットも残り少なくなった。

新しいお客さんも訪れて、時計の針は七時半に近づいた。

「こんばんは」

桃田はなが入ってきた。後ろには連れがいる。

「あら、いらっしゃいませ」

元ワカイのOL、永野《ながの》つばさだった。ワカイに勤めている頃はランチの常連客で、はじめ食堂で送別会を開いてくれたこともあった。そして伯父《おじ》は時代小説の人気作家足利省吾《あしかがしょうご》で、つばさの紹介ではじめ食堂を訪れて以来、今も時たま夫婦で来店してくれる。

「永野さんとはなちゃんが知り合いなんて、意外だわ」

「去年、業界のリモート会議で知り合ったんだ。会社は違うけど気が合って、時々メールする仲」

つばさはアパレルメーカーに再就職したようだ。

「どうぞ、空いているお席に」

はなとつばさは宇佐美姉弟の隣のテーブルに腰を下ろした。その際、姉弟とはなは目礼を交した。

つばさが「知り合い?」という風に目顔ではなに問いかけた。

「ここの近所のパン屋さん。美味しいよ」

はながつばさに囁いた。

二三がおしぼりとお通しの春菊のナムルを運んで行くと、はなもつばさもドン・ロメロのグラスを注文した。

二人はショートカットでボーイッシュな感じが似ていて、姉妹でも通りそうだ。つばさの方が五、六歳年長だろう。

「伯父、ここへはよく来るんですか？」

つばさが唐突に尋ねた。

「はい。月に一、二度くらい」

「そう」

二三はそれ以上触れずテーブルを離れた。

実は、つばさはワカイ勤務時代、上司との不倫がバレて辞職した。しかもその騒動が起きたのが、はじめ食堂で開かれた送別会の席上だった。その後、一子と話をする中で、不倫に走ったのは伯父が結婚する寂しさを紛らすためだったことまでもが明らかになった。

そんな経緯があるので、つばさが来店したことに、二三も一子も万里も驚いていた。本来なら二度と足を踏み入れたくない場所のはずなのに。それとも、今となっては何の痛痒《つうよう》も感じないくらい、過去の痛手から立ち直ったのだろうか。

「これ、激うま！」

そんなはじめ食堂メンバーの心中を知るはずもなく、はなはフィッシュパイを口にして無邪気に叫んだ。

「パイ生地使ってないのにパイって変だけど、味は美味いよ」

「ワインやビールに合うわよね。スパークリングにして正解」

つばさも適当に相槌《あいづち》を打ち、フィッシュパイにスプーンを伸ばした。

「ご馳走さまでした」

シメの鯛茶漬けを食べ終えた宇佐美姉弟が席を立った。帰り際、姉弟とはなは再び目礼を交した。

「あの人たちの店のパン、よく買うの？」

「ここに来るときは先に寄って買ってく。うちの近所、手作りパン屋さんがないんだよね。今日は定休日で行けなかったけど、六時になると10パーセント引き。つまり消費税ゼロ」

「うちもそう。大抵の町には一軒や二軒、美味しいパン屋があるんだけどね」

つばさは不満そうに付け加えた。

「子供の頃は近所にすごく美味しいパン屋さんがあって、朝は焼きたて買って食べられたのよ。でも、ご主人が急病で亡くなって閉店しちゃって」

グラスが空になる頃には話はアパレル業界への不満に移り変った。二人は日頃の鬱憤《うっぷん》を吐き出すように呑《の》み、食べた。酒はイェット、モンサラ、東洋美人《とうようびじん》と進み、料理はハス蒸し、フキノトウの天ぷら、中華風オムレツ、ホウレン草と豚バラの酒鍋、そしてシメは鯛茶漬けとなった。

「あ〜、美味かった」

はなは片手を挙げて「お勘定して下さい！」と声をかけた。二三はテーブルに勘定書きを持っていった。

「二十二日から一週間、天皇誕生日を祝してまた特別料理出すの。良かったら顔出してね」

「へえ。今度は何作るの？」

「それはその日のお楽しみよ」

「おばさんまで万里みたいなこと言う」

はなは素早く金額を計算し、つばさと割り勘にした。

帰り際に、二三はつばさに言った。

「足利先生にもよろしくお伝え下さい」

「ええ。ヴァレンタインと次の特別料理のことも言っとくわ」

つばさは屈託のない口調で答えた。


「〝天皇誕生日奉祝　ロイヤルスペシャルディナー〟？」

ご常連の若いサラリーマンが壁の貼紙《はりがみ》に目を留めた。今は週明けの月曜日、ランチタイムの真っ最中だ。

「何、これ、大袈裟《おおげさ》」

「見ての通り。来週から一週間、夜に出す特別料理。皇室に関係の深い素材を料理します」

二三はハンバーグ定食を二つ、テーブルに運んだ。と、向かいの席に座った連れのサラリーマンがさっと右手を挙げた。

「わーった！　長良《ながら》川《がわ》の鵜《う》飼《か》いの鵜が捕った鮎《あゆ》！」

実は鵜匠《うしょう》の中でも長良川の鵜匠だけは宮内庁式部職員で、国家公務員なのである。鵜飼いで捕獲した鮎は皇室にも献上される。

「ブー！」

二三は盛大に不正解を告げた。四人掛けのテーブルはご常連の三人組で占めている。まだ定食の来ない一人が首を傾げた。

「特A五番の牛フィレ肉のステーキとか尾頭付きの鯛とか……あり得ないよね」

「もちろん！」

「こんなもん貼られると、気になるじゃない」

サラリーマンが貼紙を見上げてぼやいた。

はじめ食堂のような大衆的な店でも、ランチのお客さんと夜のお客さんは違う。ランチのお客さんはほとんど夜は来ない。それでも貼紙をしたのは、謂《い》わばコミュニケーションを図るため……つまりご愛敬《あいきょう》だ。

今日の日替わり定食はハンバーグとサーモンフライ。焼き魚はホッケの干物、煮魚はアコウダイ。ワンコインは牛丼。小鉢は揚げ出し豆腐と小松菜お浸し。味噌汁はワカメと油揚。漬物は一子のお手製白菜漬け（柚子と鷹《たか》の爪が利いている！）。これにドレッシング三種類かけ放題のサラダがついて、ご飯味噌汁はお代わり自由。消費税が上がっても値段は不動の七百円だ。

「はい、お待ちどおさま」

二三は三人グループの最後の一人にトンカツ定食を運んだ。トンカツと海老フライは定番で、海老フライのみ千円いただいている。その代り特大海老三尾に自家製絶品タルタルソース付きだ。

「ロイヤルトンカツとかじゃないの」

サラリーマンはそう言って、嬉しそうにカツにソースをかけた。

そのとき、二三は急に閃《ひらめ》いた。これだ！　これで行こう！

二三はカウンターを振り向き、ガッツポーズを取った。

「お姑《かあ》さん、万里君、出来たよ！」

午後二時ちょっと前、昼営業はそろそろ終りで、はじめ食堂は賄いタイムに入ろうとしている。月曜休みのニューハーフ三人組、メイ・モニカ・ジョリーンもやって来た。テーブル二つをくっつけて、バイキングのように今日の料理をずらりと並べる、週に一度のにぎやかな賄いだ。

「あたし、ハンバーグは色々食べたけど、ここのは生涯ベストテンに入るわ」

ジョリーンがハンバーグを一口食べて身悶《みもだ》えした。

「コスパで言ったらナンバーワンよ」

「ありがとう。亭主も草葉の陰で喜んでるわ」

パテに生姜《しょうが》とニンニクのみじん切り、日本酒を混ぜ込むのは孝蔵《こうぞう》から受け継いだレシピだ。それを褒められると嬉しくて、未《いま》だに頬《ほお》が緩む。

「来週のロイヤルスペシャルって、もうメニュー決まった？」

メイがサーモンフライにタルタルソースをかけながら尋ねた。はじめ食堂では海老フライのみならず、魚介のフライに自家製絶品タルタルソースをサービスしている。

「さっき、チラッと閃いた」

「おばちゃん、それ、簡単すぎ」

万里が呆《あき》れたように眉《まゆ》を吊上《つりあ》げた。

「先週から散々悩み抜いてたくせに、一瞬で決まるわけ？」

「料理は閃きよ」

二三は得意気に答え、タルタルソースをご飯に載せた。これに少し醬油を垂らすと、とてつもなくご飯に合うのだ。

「和・洋・中、どれにするの？」

「まあ、洋のような、和のような」

「今度のもスパークリングに合うメニューにしてね。私、スパークリング大好きなの」

と、揚げ出し豆腐に箸を伸ばしたジョリーンが混ぜっ返した。

「モニカはお酒なら消毒用アルコールだって飲む口じゃない」

「いざとなればね。でも、いざとお急ぎでないときは、何と言ってもシャンパンよ」

「大きく出たわね」

メイはモニカを肘《ひじ》でつついてから、万里を振り向いた。

「康平さん、元気にしてる？」

「うん。無病息災」

「菊川先生とは、どう？」

「良い感じ。ゆっくり仲良くなってるっつうか」

「それは最高ね。急に燃え上がると急に冷めるし」

メイの言葉には実感が籠っていた。かつて突然恋に落ちた相手にてひどく裏切られたことがあるのだ。

と変らない。


「康平さんも先生も大人だからね。時間をかけて良い関係を作れると思うよ」

二三が言うと、三人のニューハーフは大きく頷いた。偏見を持たず、いつも〝きれいな女性たち〟として扱ってくれる康平が大好きなのだ。その幸せを望む気持ちは、二三たちと変らない。


そして、いよいよ待望の〝奉祝週間〟がやって来た。

月曜日の夜、店を開けると早々に現れたのは康平と瑠美だった。

「今日、お昼抜いてきたのよ。ロイヤルスペシャルメニュー食べたいから」

「俺も。腹へって死にそう」

二人はカウンターに腰掛けるなり、食べる気満々の発言をした。

「ありがとうございます。まずはお飲み物を」

「う〜ん。空《す》きっ腹《ぱら》でスパークリングは、危険かしら」

「でも、これでビールはもったいないかも」

今日のお通しはスペシャル週間に相応《ふさわ》しく、カリフラワーのムースだった。瑠美が「フレンチの店で出しても恥ずかしくない」と太鼓判を押した料理である。

「やっぱり、スパークリングにしましょう。イエットで」

瑠美が迷いを吹っ切ったように決断すると、康平も続いた。

「おばちゃん、イエット、瓶でちょうだい！」

万里がカウンターから首を伸ばした。

「今日は忘年会で出した三種類のカルパッチョもあるよ。鯛と平目とサーモン」

鯛は昆布締《こぶじ》めにしてレモンとオリーブオイルと塩胡椒《こしょう》、平目はネギと塩で和えて熱したゴマ油をかけて中華風、サーモンは漬けにしてアボカドと和え、ハワイの〝ポキ〟風に仕上げる。和・洋・中ならぬ、洋・中・ハワイの三国風だ。

「それ、もらう。あと、早めにスペシャル出して」

「へい、毎度」

万里がカルパッチョを仕上げにかかった。

二三はガスに点火した。スペシャルメニューは串カツだ。一口大のラム肉と玉ネギ、パプリカを交互に串に刺し、衣を付けて揚げる。シンプルだが、パン粉焼きとはひと味違う。はじめ食堂が初めて提供するラム料理を考えると、ラムチョップ、シチュー、パン粉焼きはしっくりこなかった。ジンギスカンはあまりにひねりがなさ過ぎる。出来れば、これからもはじめ食堂の定番に出来る料理にしたかった。

先週、ランチのご常連にトンカツ定食を出したとき〝カツ〟という選択肢が閃いた。シンプルにカツにしても良いが、豚肉より馴染みのない肉なので、串カツにした方が食べやすいだろう。

という成り行きで完成したスペシャルメニューである。これには二三の「何故《なぜ》ラムがロイヤルか」という説明がつく。

「これ、良いわね。いかにもはじめ食堂よ」

目の前に置かれた皿を見て、瑠美は感心した顔で頷いた。まずは何も付けずに一口囓《かじ》り、塩胡椒の下味だけで食べる。

「塩加減、ちょうど良いわ。臭みもないし」

「こうやって食べると、ラムって感じしないな」

康平は全体にウスターソースを少しかけた。

そこへ、新たなお客さんが入ってきた。

「いらっしゃい！」

はなとつばさだった。二人ともハニームーンのビニール袋を提げている。

「寄ってきたの？」

「うん。一割引だからね」

最初の一杯は今回もドン・ロメロだった。ロゼのスパークリングワインを気に入ってくれたらしい。

「あら、これ、美味しい」

カリフラワーのムースをひと匙食べて、つばさが驚きの声を上げた。聞きつけた万里が、カウンターの向こうで得意そうに鼻をうごめかせた。

「ここ、店はショボいけど、食べ物美味しいよね。しゃれたもんもあるし」

「ショボいは余計だろ。ヴィンテージだぜ。はな、忘年会のときのカルパッチョ三種あるよ。喰うか？」

「喰う！」

元気良く返事してから、再びつばさに講釈を垂れた。

「毎年忘年会があってさ。すごい料理出るのよ。ローストビーフとか鯛の姿蒸しとかアクアパッツァとか。カルパッチョも三種出て、すごい美味かった」

「へえ。でもそうだよね。このムース美味しいもん。色々作れるよね」

万里はますますどや顔を見せつけた。

「こんばんは〜！」

にぎやかな挨拶《あいさつ》と共に現れたのはニューハーフ三人組で、山手政夫も一緒だった。

「よう、康平、先生。はなちゃんも」

「おじさん、花に囲まれてるね」

「長生きはするもんだぜ」

山手はメイたちと同じテーブルに腰を下ろした。

「ふみちゃん、いつかの泡の瓶、俺の奢りで一本持ってきてくれ」

三人は歓声を上げて手を叩いた。

「おじさん、ありがとう！」

「ゴチになります！」

「なあに。きれいどころに酒の一杯も奢れねえんじゃ、魚政の名が廃るってモンよ」

山手はニューハーフ三人と派手な身振りで乾杯すると、一人カウンターに席を移した。

「俺は、刺身はやっぱり日本酒だ。何が良い？」

万里にカルパッチョを勧められると、山手は康平に尋ねた。

「今日は浦霞《うらかすみ》が良いよ。刺身の味を引き立てる万能型だから」

「じゃあ、ふみちゃん、それで。取り敢えず一合」

やがて、新客がカルパッチョを食べ終えるタイミングで串カツが登場した。

「串カツって意外ねえ」

「でも、はじめ食堂っぽいわ」

カラリと揚がったラム肉にかぶりつくと、ほどよい肉汁と仄《ほの》かな香りが口に広がる。牛とも豚とも違う肉の旨味が、広く世界で愛される理由を教えてくれる。

「おばちゃん、悪いけど……」

つばさが遠慮がちに声をかけた。

「一切れだけ、買ってきたパンでサンドして食べても良いかしら？　私、カツサンド大好きなの」

一子がカウンターから微笑みかけた。

「どうぞ、どうぞ。良かったらパン、厨房《ちゅうぼう》でカットしましょうか？」

「すみません」

「でも、食べ過ぎないでね。シメに〝春の混ぜご飯〟を用意してますから」

「春の混ぜご飯？」

つばさ以外のお客さんが声を揃えた。

「菜の花とシラスと芽ヒジキ。春の香りがしますよ」

一同の興味は早くもシメに移った。

戻した芽ヒジキと菜の花を薄口醤油に漬けて下味を付け、釜揚《かまあ》げシラスと共に炊きたてのご飯に混ぜて煎《い》りゴマを振る。菜の花の苦み、シラスの仄かな塩味、芽ヒジキの海の香りが混ざり合い、サッパリとした味に仕上がる。お酒のあとには最高だ。

「はい、どうぞ」

万里はつばさの食パンを軽くトーストしてから四つ切りにした。こうするとラムカツを挟んだ一口トーストが二切れ出来る。

「はなちゃんも一つ、味見して」

「ありがとう」

二人は同時にカツサンドを頰張った。

「合うね、カツサンド」

「でしょ」

それを見たニューハーフ三人は、串に残ったラムカツを見直した。

「ラムって、やっぱりパンが合うのかしら」

「料理によるんじゃない。ジンギスカンなら絶対ご飯だわ」

「マトンカレーは？　やっぱりナンかしら」

「でも、キーマカレーってマトンのもあるでしょ。あれはやっぱりご飯よね」

そのうちに新しいお客さんが次々に入ってきた。

「じゃ、どうもご馳走さま」

「お先に」

康平と瑠美は席を立ち、割り勘で勘定を払って帰っていった。二人とも住まいが徒歩五分圏内なので、酔っ払っても安心なのだ。

メイはモニカとジョリーンに顔を近づけて囁いた。

「あの二人、絶対お似合いよね」

「うん。食べ物の好みが一緒だもん」

「そこ言う？」

メイは呆れたが、ジョリーンは自信たっぷりに言い切った。

「だって一番大事なことじゃない」

山手も、ニューハーフ三人も、はなとつばさも、シメの混ぜご飯をしっかり食べた。

「あ〜腹一杯」

「苦しい……」

そう言いながら、幸せそうな顔で胃の辺りをなでた。

「スペシャルウイーク、大盛況間違いなしね」

帰り際、ニューハーフ三人は揃って投げキスを送り、店を出た。お陰で、来たるべき春を先取りしたような華やかな夜になった。

九時に店を閉め、後片付けを始めると要が帰ってきた。

「スペシャルウイーク、どうだった？」

「大成功」

賄いをテーブルに並べながら万里が答えた。

「来週から、ランチに串カツ出そうと思って」

要は大きなショルダーバッグを空いている椅子の上に置き、厨房で手を洗って戻ってきた。

「ねえ、お母さん、私ふと思ったんだけどさ」

早速缶ビールの蓋を開け、串カツを一本手に取った。

「焼き鳥みたく、串カツも何種類かやったらどう？　豚、牛、鶏《とり》、ラムとか」

「急にどしたんだよ？」

万里が訝《いぶか》しげに眉をひそめた。

「この間入った串揚げ屋に、カツが何種類かあったのよ。豚肉と玉ネギ、鶏肉と長ネギ、牛肉とピーマン。鶏肉と長ネギって、意外に美味いよ」

「面白そうね」

一子は二三を振り向いた。

「〝今日の串カツ〟なんて、結構受けるかも知れないよ」

「そうね。来週になったら、やってみようか」

新しいアイデアが浮かんだらすぐ実行に移すのがはじめ食堂の強みだ。成功したら継続し、失敗したら止《や》めるか、工夫を重ねる。この厳しいご時世に、町の小さな食堂が生き残って行くには、機動力を活《い》かすしかない。

「明日も頑張ろう！」

その夜、二三はすっかりファイトが湧いて、要に付き合って缶ビールを開けてしまった。

その週末、夜七時半を回った頃、ハニームーンの宇佐美姉弟が来てくれた。七時閉店なので、定休日以外に来店するときは大体この時間だ。

「いらっしゃい」

「スペシャルメニュー食べたかったんだけど、ゴタゴタしてて遅くなっちゃった」

「お忙しくて何よりです」

「スパークリングワイン、ありましたよね？」

大河はメニューを目で追って、イェットを指さした。

「これ、瓶で下さい」

萌香がおしぼりで手を拭《ふ》きながら言った。

「うちもお宅のお陰で、お得意さんが増えたみたい」

「あら」

「この前、はなちゃんと一緒に来てた女の人」

つばさのことだ。

「あれからほとんど毎日来て下さるのよ。会社帰りに寄ってくれるみたいで」

「それは、よっぽどファンになったんですね」

大河がチラリと微笑んだ。

「子供の頃、近所にあったパン屋さんと似てるって」

ハニームーンは地元でも人気があって常連客も多い。以前女性誌のパン特集で取り上げられたときは、新幹線に乗って買いに来たお客さんまで現れた。

「うちは地元密着型で、ハレのパンじゃなくてケのパンを作ってるつもりだから、ビックリしたわ」と、萌香は苦笑していたが。

そのときはハニームーンにご贔屓《ひいき》が増えたのは良いことだと、二三は軽く考えていた。


カレンダーが三月に変り、二度目の火曜日を迎えた。

その日も盛況のうちにランチタイムが終了し、二三と一子と万里が賄いを食べ終えたときだった。

「ごめん下さい」

入り口の戸を開けて入ってきたのは宇佐美萌香だった。

「すみません、こんな時間に。でも、内密でご相談したいことがありまして」

三人はあわてて腰を浮かしかけたが、萌香は首を振った。

「そのままで結構です」

萌香は思い詰めたような顔をしていた。

「とにかくお掛け下さい」

二三が隅のテーブルを指し示した。

一子が目配せすると、万里はさっと立ち上がって食器を流し台に運び「じゃ、俺はこれで」と店を出て行った。

二三は萌香にほうじ茶を出し、一子と並んで向かいの席に腰を下ろした。

「どうなさいました？」

一子が優しく尋ねると、萌香は苦いものを吐き出すような顔で話し始めた。

「ここで会った、永野つばささん。二月の半ばから毎日うちの店に来るようになって……ハッキリ言うと、目当てはパンじゃないんです。弟です」

二三も一子も一瞬言葉を失った。

「いったい、どうして、そんな？」

「私にも分りません。最初はただのお客さんだと思ってました。それが先週の月曜日、閉店間際に店に来て『パン職人になりたい。ここで修業させて下さい』と言い出して……」

「まあ……」

「もちろん、断りました。今はパートの人を二人雇っていて、これ以上雇う余裕なんかありませんし。そしたら、給料はいらないから修業させて欲しいと」

萌香と大河は丁寧に断り、職業訓練校に行くなど他の選択をするようにと説得した。

「その場は納得したようなんですけど、でも、それからも毎日うちに来るんです。そのうち、弟も段々情にほだされたみたいになって……」

萌香は一度言葉を切り、きっと唇を引き結んだ。

「私、彼女が好きになれません。妙に芝居がかっていて、何というか、策士の感じがして」

二三と一子は顔を見合せた。二人とも萌香の懸念は尤《もっと》もだと思う。何かの企《たく》みを感じる。しかし、それにしても、つばさはどうしていきなり大河に目を付けたのか？　本当の目的は奈辺《なへん》にあるのか？

考えるほど謎《なぞ》が深まって、二三も一子もどんより濁った水に沈んで行くような気分に陥ったのだった。

第四話

おろしポン酢は恋の味

「おばちゃん、これ、ソースで良いの？」

ワカイのOLが皿の上の串《くし》カツを指さした。

「トンカツと同じで大丈夫ですよ。お好みでお醬油《しょうゆ》でもお塩でも」

二三《ふみ》は気軽に答えて、日替わり定食のもうひと品、豆腐ハンバーグの盆を向かいの席に置いた。

「串カツなのに鶏肉《とりにく》と長ネギって、珍しいわよね」

「焼き鳥みたい」

そう呟《つぶや》いて、OLは控えめにソースをかけた。しかし串をつまみ、カラリと揚がった鶏モモ肉と長ネギを口に入れると、驚いたように目を瞬《しばた》いた。

「……イケる」

弾力のある鶏肉とトロリとした長ネギは、黄金のパートナーシップで結ばれている。下味に振った塩胡椒《こしょう》が肉の味を引き締め、ネギの甘さとソースの甘さが絶妙に溶け合い、舌の上で豊かな味のハーモニーを奏でるのだ。

続いて串カツを頬張《ほおば》った隣のＯＬも、大きく頷《うなず》いて空いている手でＯＫサインを作った。

「すごく美味《おい》しい。ビックリした」

レジの前で会計をしていた二三は、ＯＬたちの会話に会心の笑みを浮かべてカウンターを振り向いた。

やったね。串カツ作戦、成功！

厨房《ちゅうぼう》に立つ万里《ばんり》と一子《いちこ》も、大きく頷き返した。

二月の天皇誕生日を祝して開発した新メニュー、ラム肉の串カツは好評だった。はじめ食堂は早速、夜の定番商品に串カツを加えることに決めた。トンカツは食事のイメージだが、串カツなら酒の肴《さかな》になる。その際、要《かなめ》の意見も取り入れて、豚・ラム・牛・鶏を週替わりで提供することにした。

ついでに、週に一度はランチでも串カツを出すことになった。豚・ラム・牛は好評だった。今日はいよいよ鶏肉の番だ。玉ネギではなく長ネギを使うのがミソで、言われてみれば焼き鳥と同じ組み合わせだ。つまり、美味しいのは保証されている。

今日のはじめ食堂のランチは、日替わりが串カツ（十八センチ串の三本付け）と豆腐ハンバーグ、焼き魚が文化鯖《さば》、煮魚が鯛《たい》、ワンコインが親子丼《おやこどん》。小鉢は白滝とタラコの炒《い》り煮《に》、利休揚《りきゅうあ》げ（さつま揚げの一種）の二品。

白滝と利休揚げは築地《つきじ》場外の花岡《はなおか》商店で買ってきた。白滝のコリコリした食感は絶品で、一枚これを食べたらもうスーパーの白滝は食べられない。利休揚げは大きくて具が多く、一枚で二人分取れる。しっかり味が付いているので、さっと炙《あぶ》るだけの手間いらずだ。

味噌汁《みそしる》は豆腐と絹さや。漬物は一子手製の京菜の糠漬《ぬかづ》け。これにドレッシング三種類かけ放題のサラダが付いて、ご飯と味噌汁お代わり自由で消費税込み七百円。この内容を銀《ぎん》座《ざ》で出せば千五百円は取れると、密《ひそ》かに自負している。

今日の煮魚の鯛は養殖だが、かなりの大きさの切り身が三切れ入って一パック五百円という格安値段だった。昨日近所のスーパーで見かけて、二三は衝動的に十パック買ってきた。四パックは夜営業で「鯛の切り身の中華蒸し」にして使う予定だ。

「ありがとうございました！」

時計の針が十二時を指すと、お客さんが次々に席を立つ。

「いらっしゃいませ。こちらにどうぞ」

素早く席を片付けては、新しいお客さんを通す。

今はちょうど、十一時半の開店から来店した第一陣のお客さんと十二時から来店する第二陣のお客さんの、入れ替え時に当たる。忙しさはピークにさしかかり、十二時半には二回目の入れ替え時がやって来て、第三陣のお客さんがテーブルを占める。

ようやく一息つけるのは、一時を過ぎた頃《ころ》からだ。店内を埋めていたお客さんたちが、潮が引くように引き上げて行く。通常、三十分後には勤め人のお客さんは誰《だれ》も残っていない。

「こんにちは」

「いらっしゃい！」

時計の針が一時二十分を回る頃、野田梓《のだあずさ》と三原茂之《みはらしげゆき》が店を訪れる。梓は三十数年来、三原は十数年来のご常連だ。

「え〜と」

二人は本日のランチメニューに目を遣《や》り、ひとしきり迷った。串カツは気になるが、メインで食べたい定食は別にあるのだ。

「あたし、煮魚下さい」

「僕は豆腐ハンバーグね」

「はい、毎度！」

万里は元気良く返事すると、カウンターの中から二人に向かい、頭の横で両手の二本指を折り曲げる「ウィンウィン」サインを出した。これははじめ食堂では「ハーフ&ハーフにしますよ」という意味になる。暇な時間に来てくれるご常連へのサービスだ。

梓も三原も、ニッコリ笑って小さく頭を下げた。

「ありがとうございました」

第三陣で来てくれた最後のお客さんも席を立った。これでもう、他のお客さんに遠慮する必要はない。

「お待ちどおさま」

二三は二人の前に定食の盆を運んだ。串カツを別皿で一本サービスしてある。

「あら、絹さや。初物じゃない？」

初めに味噌汁を啜《すす》った梓が声を上げた。

「うん。今朝、松原青果《まつばらせいか》さんが届けてくれたの」

小さなことだが、気付いてもらえると二三は嬉《うれ》しい。はじめ食堂では季節感を大事にして、野菜類はなるべく旬《しゅん》の物を使う努力をしている。

「……早いわ。来週から四月だもんねえ」

梓はホウッと溜息《ためいき》を吐《つ》いた。流行病《はやりやまい》で日本中散々な目に遭《あ》った去年の春を思い出していたのかも知れない。

「四月からは春の野菜が真っ盛りよ。筍《たけのこ》、そら豆、アスパラ、グリーンピース、エトセトラ。張り切ってメニュー考えるからね」

二三がさりげなく言うと、三原も明るい口調で応じた。

「そりゃ楽しみだ。春夏秋冬、ここのランチは旬の味が食べられるからありがたい」

「あたし、筍ご飯が食べたいわ」

梓が釣られたように呟いた。

「四月になったら作るからね。それと、若竹汁と木《き》の芽和《めあ》えも」

梓は気を取り直したように鯛の煮付けに箸《はし》を伸ばした。脂の乗った白身は醤油・酒・砂糖の甘辛い煮汁で黒光りしている。ひと箸口に入れ、続けてご飯をかき込んだ。

「美味しい。ちょっと金目鯛っぽい味ね」

「養殖だからね。上品にしないで甘辛く煮た方が美味しいと思って」

「言えてる、言えてる」

梓は次に串カツに手を伸ばした。まずは何もかけずに食べてから串を皿に戻し、じっと見直した。

「これ、ソースも合うけど、ポン酢も良いんじゃないかしら」

「へい、どうぞ」

すかさず万里がポン酢の小瓶をカウンターに置いた。二三はそれを梓のテーブルに持っていった。

「ありがとう」

梓は串カツにポン酢を垂らし、一口かじって嬉しそうに頷いた。

「合うわ、やっぱり」

三原が梓のテーブルに首を伸ばした。

「すみません、こっちもポン酢下さい」

二三からポン酢の小瓶を受け取ると、かけ過ぎないように慎重に串カツに垂らし、そっと口に入れた。

「ポン酢って結構何にでも合うみたい。魚介のフライはみんなイケるし、トンカツやハンバーグもおろしポン酢ってあるし、油淋鶏《ユーリンチー》のタレも基本はポン酢でしょ」

二三が言うと、梓も三原も大きく頷いた。

「僕はお宅の特製タルタルソースの大ファンだけど、最近は牡蠣《かき》フライ五個のうち、一個はポン酢で食べたいと思うんですよ」

三原はいささか面目なさそうに胃の辺りに手を置いた。

「ポン酢が脂をサッパリ流してくれるような……揚げ物を頼んでおいてサッパリなんて、おかしな話ですがね」

「あたしも同感。若い頃は『そんなにサッパリが好きなら、お茶漬けでも食ってろ!』なんて思ってたのに」

「右に同じよ。私も昔は横から唐揚げにレモン掛けられるとムッとしたわ。本人は親切のつもりだろうけど、こっちは唐揚げでサッパリしたいなんて全然思ってないんだから」

カウンターの向こうで万里が声を立てずに苦笑していた。

午後一時半を過ぎると平均年齢がグッと上昇するはじめ食堂(万里を除けば七十歳

超!?）では、近頃とみに「昔は〜だったのに」話が多くなり、もはやお約束と言って良い。傍《はた》で聞いていてうんざりしないでいられるのは、「老いの繰り言」に付き物の暗さや湿っぽさがなく、本人たちが自分自身を笑いとばしているからだろう。

梓と三原はほうじ茶のお代わりを飲み干した。

「ごちそうさまでした」

二人は席を立って、それぞれ財布を取り出した。

「ありがとうございました」

その時、入り口の戸が開いて華やかな三人組が入ってきた。

「あら、こんにちは！」

「どうも、どうも」

ニューハーフのメイ・モニカ・ジョリーンだった。勤めているショーパブ「風鈴《ふうりん》」は年始以外は無休だが、三人は月曜日に休みを取っているので、ほとんど毎週のようにランチに来てくれる。梓と三原もすっかり顔馴染《かおなじ》みだ。

「じゃ、お先に」

「ごめん下さい」

軽く挨拶《あいさつ》を交してご常連は入れ替わった。

「今日、日替わりは串カツよ。鶏肉と長ネギ」

「あら、焼き鳥みたい。美味しそう」

「小鉢は花岡の白滝とタラコの炒り煮」

「嬉しい。あの白滝、歯応《はごた》え抜群よねえ」

三人組はテーブルを寄せて六人が座れる席を作った。午後二時までの営業時間は間もなく終了する。これから後は全員でバイキング形式の賄《まかな》いタイムに突入だ。

「お店の方はどう？」

味噌汁を椀《わん》によそいながら一子が尋ねた。昨年は流行病の影響で風鈴も一時期休業を余儀なくされたが、再開してからは徐々に客足も戻ってきたと聞いていた。そして四月からは団体客の受け容《い》れも可能になったという。

「来週から四月でしょう。みんな張り切ってるわ」

「新しいショーに切り替えるんで、練習はハードだけど」

「でもね、お客さんの前で踊れるって、一番幸せ」

ジョリーンの言葉には失った日常を取り戻しかけている人の実感がこもっていた。大きな不安を少しずつ、小さな安堵《あんど》で埋めて往《ゆ》く作業を体験した人ならではの。

「中条《なかじょう》先生の教室もほぼ復活なさったみたいで、何よりだわ」

中条恒巳《つねみ》はメイの母方の祖父で、千葉県で社交ダンス教室を経営している。意外なことに社交ダンス教室は県からの休業要請を受けなかったが、毎日マスコミが「三密」を避けるよう喧伝《けんでん》する中で、それまで通りの経営は成り立たない。半年近く開店休業状態が続いたが、秋には生徒数が五割、冬には八割方回復し、今は完全に原状復帰したと、魚政《うおまさ》の山手《やまて》から聞いていた。山手は十年ほど前から中条のダンス教室に通っているのだ。

「社交ダンス教室の生徒さんって、山手のおじさんみたく中高年が多いんだろ？」

「ほぼ六十代以上ね。昔のダンスブームの時の生徒さんがそのまま続いてる感じかな」

「ダンスを続けてる生徒さんは賢いわ。年寄りの引きこもりは深刻なのよ。認知症は進むし、持病は悪化するしね」

一子の口調にも実感がこもっていた。

ご近所に住む同年代の男女——ほとんどは女性——はデイサービスに通っている人が多かったが、コロナを恐れて外出を自粛する人が増え、その結果かえって健康を害してしまった。

「でもねえ、フェイスガードして踊るのって、いかにも興醒《きょうざ》めよ。まあ、今はしょうがないんだろうけど」

メイは溜息交じりに漏らした。

二三も一子も万里も、フェイスガード姿で華麗なステップを踏む男女の姿を思い浮かべた。それは一見滑稽《こっけい》なようで、それ以上に理不尽だった。

「でもさあ、結局は季節性のインフルエンザより亡くなった人の数だって少なかったわけだし。それなのに毎日テレビが感染感染って煽《あお》りまくるから、店はつぶれる、年寄りは引きこもる、学生はバイト首になる……被害甚大《じんだい》じゃん。責任者出てこい、だよ」

万里は吐き捨てるような口調で言った。

「コロナウイルスよりテレビウイルスの方が凶悪だって、誰かが言ってたけど、同感よ」

二三も抑えがたい怒りを声に滲《にじ》ませた。

はじめ食堂は幸いにして難を逃れたが、昨年から佃《つくだ》・月島《つきしま》地区でも閉店する飲食店が出た。倒産ではなく自主廃業だったが、コロナ禍がなければ……と言うより、テレビがあれほどまでに恐怖を煽って飲食店からお客が消えなければ、今も店を続けていられただろう。

「そう言えばさ、去年の夏、救急車のサイレンが増えたなと思ったのよ。うちのマンション環七《かんなな》に面してるから、通り道なのね。何故《なぜ》かと思ったら、八月の気温がやたら高かったでしょ。熱中症が増えたんですって」

「みんな、暑いのにマスクしてたもんね」

モニカの言葉に、白滝とタラコの炒り煮をご飯の上に載せながらジョリーンが相槌《あいづち》を打った。

実は熱中症で救急搬送された患者は前年度より少なかったのだが、死亡者は増えた。去年の八月に東京都で新型コロナで亡くなった人は三十二人。熱中症で亡くなった人はその五倍の百七十人に上った。

「そんなこと聞かされると、呆《あき》れてものも言えないわ」

「お店閉めちゃった人は、どんだけ口惜《くや》しいか」

「誰も『熱中症が怖いから自粛しろ』なんて言わないのに」

万里は親の仇《かたき》でも討つように、ソースをかけた串カツに囓《かじ》りついた。それから急に思い出したように言った。

「そうだ。みんな、串カツにポン酢試してみる？　野田さんがスゴく合うって言ってたんだ」

「それ、良いかも」

「ポン酢下さい」

万里とニューハーフ三人組は、先程までの悲憤慷慨《こうがい》を忘れたかのように、ポン酢で急に明るく盛り上がった。

「イケるわ」

「ポン酢だと和のテイストになるわね。鶏と長ネギだから相性が良いのよ、きっと」

「あたし、ハンバーグは絶対おろしポン酢だもん」

それぞれポン酢をかけた串カツを囓り、感心した顔になった。

「やっぱり。だからうちも今月からランチのハンバーグ、デミグラスソースとおろしポン酢と二択にしたんだ。六対四でデミグラの勝ちだけど、女の人は結構ポン酢好きで、売上

「万里君、商才あるわね」

「いよいよ嗅覚が鋭くなってるんじゃない」

ニューハーフたちに持ち上げられて、万里は得意気に鼻をうごめかせた。

「ふふん、これはただの勘じゃない。綿密な調査に基づいた計算さ。ｎｉｆｔｙニュースによれば……」

ハンバーグの一番人気は男女共にデミグラスソース、二番は和風大根おろしソース。しかも女性人気の三番はポン酢だった。

「つまり、おろしポン酢は女心をがっちりつかんでるってわけ」

「なるほどねえ」

「じゃあ、万里君、これから女性にはおろしポン酢かけまくりね」

二三が言うと、万里は真面目《まじめ》くさって頷いた。

「君の瞳《ひとみ》はおろしポン酢だ」

「もう、意味不明！」

はじめ食堂に明るい笑いが広がった。

「こんちは」

四月に入ってすぐの木曜日、夜七時ちょっと前に現れたのは桃田《ももた》はなだった。二十代半ばの女性と二人連れだ。

「いらっしゃい。久しぶり」

はなはなれた物腰で空いているカウンターに座った。このまえ店に来てからひと月ほど経《た》つ。月に二、三回のペースで来てくれていたので、それを思うと結構御無沙汰《ごぶさた》だ。

「こちら、長谷環奈《はせかんな》さん。リモート呑《の》み会で知り合った業界の人」

環奈は細面で背が高く、はなと並ぶと凸凹《でこぼこ》コンビの印象だ。

「こんにちは。はじめ食堂、はなちゃんがすごく褒《ほ》めるから、一度来てみたいと思ってたんです」

「それは、ありがとうございます」

二三は二人におしぼりを出して頭を下げた。

「はな、どんな風に褒めてくれたんだ？　料理が美味《うま》くてシェフがイケメンとか」

万里がカウンターから首を伸ばした。

「ほらね、言ったとおりでしょ」

はながバカにしたように万里を見遣ると、環奈はプッと吹き出した。きっと「料理が美味くてシェフがおバカ」とでも言ったのだろう。

二三はお通しの皿を出して訊《き》いた。

「忙しい？」

「うん。新しい企画立ち上げてね」

はなは環奈と相談してキウイサワーとデコポンサワーを注文し、改めて万里を見上げた。

「今日のお勧めは？」

「やっぱ、今月旬の野菜だな。筍とアスパラのオイスターソース炒め、そら豆とアボカドとミニトマトのバジルソース和え、タラの芽の天ぷら。ホタルイカもあるよ。山葵《わさび》醤油、酢味噌、アヒージョ、お好みで」

「アヒージョ！」

とはなが即答したところで、お通しを口に運んだ環奈が目を瞬かせた。

「これ、美味しい。なに？」

すかさず万里が答える。

「ウドのぬたです」

爽《さわ》やかな香りと仄《ほの》かな苦みが春の訪れを感じさせるひと品だ。

「大人の味だね。小学生には分んないよ」

はなは訳知り顔で呟いた。

「今日、筍ご飯だけど、シメに食べる？」

「うん、もらう」

言ってしまって環奈を見たが、もちろん否やはない。

二三は二人に飲み物のグラスを出して、つとめてさりげない口調で切り出した。

「はなちゃん、最近、永野《ながの》さんとは会ってる？」

「全然。呑み会誘っても来ないし」

「最近、カレシが出来たらしいよ」

環奈がきっぱりと言った。

「え、そうなの？」

「多分。思いっきり臭《にお》わせてるもん」

「環奈さん、つばささんと同じ会社で、同じ部署にいるんだよ」

はなの説明を聞くと、二三の気持ちはモヤモヤと曇った。

月島で弟の大河《たいが》と二人で手作りパン店ハニームーンを営む宇佐美萌香《うさみもか》から「永野つばさが大河を誘惑している」と相談を受けたのは、三月の初めだった。どちらも独身で恋愛は自由だから萌香の心配は余計なお世話だが、話を聞くとつばさが大河に接近する過程があまりにも計画的というか、作為が感じられて、純粋な好意かどうか疑わしかった。

そんなことがある前は、姉弟揃《きょうだいそろ》って月に一、二度、夕飯を食べに来てくれたが、最近は二人とも足が遠のいている。二三は朝食のパンを買いにハニームーンに通っていて、それとなく様子を窺《うかが》うと、どうも前より姉弟仲がよそよそしくなった気がする。つばさを巡って意見が対立しているのだろうか？

ハニームーンは小さな店で、パン作りも姉弟の共同作業だ。意見の違いが決定的になった場合、袂《たもと》を分かつしかあるまい。もしこれまで通りにパンが買えなくなったら、顧客としては困る。何より仲の良い姉弟が仲違《なかたが》いするのは見るに忍びない。

もう一つ、宇佐美姉弟はあずかり知らぬことだが、つばさは憧《あこが》れていた伯父《おじ》の結婚に対する反発から、上司に不倫を仕掛けた過去がある。だから大河に近づいたのも何か別の目的があるのではないかと、つい色眼鏡で見てしまう。

とはいえ、二三には大河もつばさも赤の他人で、口出し出来ることは何もない。ただ黙って傍で成り行きを見守るしか出来ないのが、歯がゆくてならないのだった。

「環奈さんは小売部門で、私と部署は違うけどスゴいんだ。ショップでリモート販売始めて、売上げ伸ばしたんだよ。対面販売だと目の前に店の商品しかないけど、リモートだとお客さんのクローゼットの中も見せてもらえたりするじゃない。それで手持ちの服に合う商品をお勧めしたり、新しい着こなしの提案したり、そうすると必ず二、三点買ってもらえるって」

そこまで話すと、はなはキウイのフローズンサワーで喉《のど》を潤した。環奈は友人に褒められて、素直に嬉しそうな顔をしている。

「私、すごい感心したんだ。リモート販売は新しい業態で、さらなる可能性があるんじゃないかと思った。こういうの、ピンチはチャンスって言うんだね」

「ありがとう。今日、私が奢《おご》るからね」

「シメシメ……なんてね。私、割り勘主義だから」

二人は楽しそうに笑い声を立て、残り少なくなったサワーで乾杯した。

顔も身体《からだ》つきもまるで似ていないはなと環奈だが、全身から発散する明るく前向きなエネルギーは共通だった。はなは実家が西日暮里《にしにっぽり》の生地店で、専門学校に通っている頃《ころ》から、自分自身のプライベートブランドを立ち上げようと狙《ねら》っていた。環奈もアパレル業界で成功を勝ち取ろうとしてやる気満々なのだろう。

「へい、お待ち」

万里がカウンター越しにバジル和えの皿を出した。

「そら豆は和風も良いけど、バジルソースもひと味違うぜ。食感が似てるから、アボカドとも相性が良いし」

「それに、見た目がきれいだよ。緑と赤で」

はなは緑のソースのからんだそら豆を口に入れ、万里に向かってぐいっと親指を立てた。

「ボーノ!」

「ボーノはこれ」

万里は人差し指を頬《ほお》に突き立て、ぐりっと回した。

「このソース、スゴい時間かかった？」

「一瞬。市販のバジルソースとマヨネーズ混ぜて作った」

「良いこと聞いちゃった。今度、やってみよっと」

環奈はアボカドとミニトマトを箸でつまんで言った。

バジルソースは生のバジルの葉を使い、一から手作りすれば百点満点の味になるかも知れないが、市販品を使っても八十点の味になる。それなら別の料理に手間暇かけようと、はじめ食堂メンバーの意見は一致した。

「串カツ、どうする？　今週は豚肉と玉ネギ」

万里ははなと環奈の前に二品目の料理、筍とアスパラのオイスターソース炒めの皿を出した。はなはパッと環奈を振り向いた。

「食べよう。前にラムの串カツ食べたけど、すごく美味しかった」

「そうね。まだお肉の注文してなかったし」

「一本からお受けしてますんで、何本でもどうぞ」

はなは環奈と顔を見合せ「取り敢《あ》えず一人一本」と決めた。

「串カツ二本、ありあとっす」

その時、入り口の戸が開いて新しいお客さんが入ってきた。

「こんばんは。二人、良いかしら？」

今やカップルと呼んでも過言ではない辰浪康平《たつなみこうへい》と菊川瑠美《きくかわるみ》の二人だった。康平は長らく夜営業の口開けの客だったが、最近は瑠美の仕事に合せて、七時半を回った頃に来店するのも珍しくない。この時間、生憎《あいにく》テーブル席は全部ふさがっていた。

「先生、康平さん！」

はながカウンターから振り向いて、二人に手を振った。

「よう、はなちゃん」

「こっち、どうぞ」

はなは環奈に頼んで席を一つずらし、カウンターに二人分の場所を作った。

「すまん。ありがとう」

二三がおしぼりを持って行くと、瑠美が早速飲み物を注文した。

「イェット、グラスで二つ」

それから確認するように康平を見遣った。もちろん、康平は我が意を得たりという顔で頷いた。

「串カツにタラの芽の天ぷら……揚げ物には泡だよ」

「ホタルイカのアヒージョも良いわね」

「このそら豆のバジル和え、先生のレシピですよ」

二三はフルートグラスを二つカウンターに並べて言った。

「それじゃ、注文しないわけに行かないよな」

「山手さんご贔屓《ひいき》の卵料理、今日は何かしら？」

「何でも作りますよ。オムレツはチーズ、コンビーフ、シラス、お好みで。和風はグリーンピースの卵とじと、中華風ならトマトの卵炒め」

万里はよどみなくスラスラと答えた。

「全部美味しそうだけど……何が良いと思う？」

瑠美はもう一度康平を見た。

「中華風にしようか。和と洋は頼んだから」

そう言うと万里の顔を見た。

「というわけで、トマトの卵炒め」

「ありあとっす」

イェットの瓶を持ってカウンターに出てきた二三が、景気よく栓を抜いた。

「あら、この店、スパークリングワインなんてあるの？」

環奈がはなの肩越しにイェットの瓶を見た。

「去年から置いてあるんだよね、万里」

はなが言うと、万里はカウンターに二本の瓶を並べた。

「全部スペイン産ね。辛口順に、あれがヴィン・イェット、これがドン・ロメロ。ロゼです。これはモンサラ。ちょっと甘口なんで、デザートワイン向きかも」

「はなちゃん、次はカヴァにしようよ。私、大好き」

「そうだね。ロゼと白、どっちにする？」

「最初は白にしよう。徐々に甘口にして……」

「はなちゃん、お友達は分ってるね。薄味から濃い味にしていくのが酒の醍醐味《だいごみ》だよ」

「環奈さん、康平さんに褒められるなんてスゴいね。酒屋さんで、利き酒のプロなんだよ」

「やった。私、才能あるかも」

はなと環奈ははしゃいでハイタッチした。夜のはじめ食堂に若い女性のお客さんはほとんどいないので、二人の姿はやけにまぶしく感じられた。

「へい、お待ち。お熱いのでお気を付けて」

ホタルイカのアヒージョが、二組の客の前に置かれた。最後に投入したニンニクの匂《にお》いが皿から立ち上り、鼻腔《びこう》をくすぐる。加熱時間はわずか三十秒で、ホタルイカのプリプリした食感が楽しめる。

「うう、堪《たま》んない……」

四人は一斉にホタルイカを箸で挟み、フウフウと息を吹きかけて口に入れた。

「はふ……」

全員、どうにか火傷《やけど》しないで咀嚼《そしゃく》した。濃厚なワタの味がオリーブオイルで加熱され、一段ランクアップする。すぐさま冷たいカヴァで舌を冷やし、余韻を楽しんだ。

「康平さん、次、トマトの卵炒め行くから」

フライパンを振りながら万里が言った。

と、康平が何か思い出したように一子に尋ねた。

「そう言えばさ、おばちゃん、出入りの八百屋さん……」

「松原青果さんね」

今日のそら豆やアスパラ、タラの芽など、旬の野菜はすべて松原青果が届けてくれた品だ。

「そこ、烏骨鶏《うこっけい》の卵を扱ってるって言ってなかった?」

「ああ、そう言えば、最初に来たとき言ってたわね」

「仕入れないの? 山手のおじさん、感涙にむせぶと思うよ」

山手政夫《まさお》は三代続いた鮮魚店魚政の大旦那《おおだんな》だが、一番好きな食べ物は卵なのだ。はじめ食堂では必ず卵のメニューを注文する。

「でもねえ、烏骨鶏の卵ってすごく高いのよ。デパートじゃ一個五百円以上するらしいわ。うちじゃあなかなか、使い切れなくて」

「卵かけご飯で千円も取れないでしょ」

二三が付け加えると、瑠美が首を傾《かし》げた。

「そこ、自家生産なんでしょ？　そこまではしないと思うけど」

瑠美はスマートフォンを取り出し、なにやら検索しながら言った。

「松原青果さんにお値段聞いてみました？」

「いいえ。はなからお高いと思ってたんで、訊くだけ無駄かと」

瑠美は椅子《いす》から立ち上がり、スマートフォンをカウンター越しに差し出した。

「先月、うちの教室で取り寄せた生産者なんです。ここは一個百八十円でした」

「まあ！」

「産直販売で、中間業者を省いてる分お安いそうです。品質が気になったんですけど、お試しで取り寄せてみたら、デパートで売ってる烏骨鶏の卵と変らないレベルでした」

二三と一子は顔を見合せた。

「お姑《かあ》さん、松原青果さんに聞いてみよう。二百円以下なら買っても良いんじゃない」

「そうね。夜なら烏骨鶏の卵かけご飯も出せるし」

「烏骨鶏ＴＫＧ五百円、普通のＴＫＧ二百円でどう？」

「良いかもね。やってみようか」

一子は苦笑交じりに頷いた。昭和一桁《ひとけた》生まれは、卵かけご飯をＴＫＧと呼ぶことに違和感を禁じ得ない。

時計の針が八時半に近づくと、カウンターの四人の注文でイェットとドン・ロメロの瓶は空になった。

そして、本日のメインとも言うべき串カツがカラリと揚がった。

「欺《だま》されたと思って、ポン酢で一切れ食べてみて下さい」

万里はそう言ってポン酢の小瓶をカウンターに置いた。四人は注意深く先端の肉にポン酢を垂らし、串から囓り取った。

「……美味しい」

「イケる。悪くない」

それぞれ納得した顔で感想を漏らした。

「ポン酢って万能ね。揚げ物は何でも合うんじゃないかしら」

「そうなんです！　先生もそう思いますよね」

料理研究家にお墨付きをもらって、二三は「やったね！」とばかりにガッツポーズをして見せた。

「マヨネーズもそう。揚げ物には全部合うわ」

思いも寄らぬ環奈の発言に、四十代以上はギョッとしたが、はなと万里は当然のように頷いた。

「チキン南蛮《なんばん》、マヨネーズかかってるもんね」

「タルタルはフライもんに全部合うよ」

二三は呆れた声を出した。

「万里君、マヨラーだったんだ」

「ちゃいます。マヨラーっつうのはカレーにマヨネーズかける人です」

「カレーにマヨネーズかけないのはマヨラーじゃないって、知り合いのマヨラーが言ってたよ」

「ああ、なんか、お若い皆さんだけ世界が違う……」

ムンクの「叫び」のように両手を顔に当てた二三に、康平が追い打ちをかけた。

「そう言えば俺《おれ》、水泳やってる頃はご飯にマヨネーズかけて何杯も食ってた」

「ブルータス康平、お前もか！」

カウンターの周囲に笑い声が弾《はじ》けた。


「うちは一個百六十円で提供してます」

松原団《だん》は烏骨鶏の卵の値段を告げた。翌日の朝十時、注文した野菜をはじめ食堂に届けに来たときのことだ。

「お安いですね。ネットで調べても、一個五百円以上してるところが多いけど」

「両親が飼育してて、直売でやってますから。それに野菜がメインで、卵は謂《い》わばおまけです。今は儲《もう》けより、皆さんに烏骨鶏の美味しさを広く知っていただく方が大事です」

「手応えは如何《いかが》ですか？」

「お陰様で、定期的に購入して下さるお店も何軒か」

「うちは取り敢えず十個いただきます。お店で出して反応を見てからでないと、次のお約束は出来ないんだけど」

「もちろん、結構です。ありがとうございます」

団は注文票を書き、店を出て行った。

仕込みをしていた万里が厨房から出てきて、野菜を入れた段ボールを奥へ運んだ。中身はアスパラ、ウド、カブ、グリーンピース、新ゴボウ、絹さや、そら豆、筍、フキ、タラの芽、キャベツ。少量注文に応じてくれるので、今日の夜営業で使い切ることが出来る。

「おばちゃん、ランチのワンコインでＴＫＧってどう？」

赤魚の麹《こうじ》漬けをグリルの焼き網に並べながら、万里が言った。

「一個百六十円よ。二個使って五百円じゃ、アシが出るわ」

「烏骨鶏じゃなくて、普通の卵で」

カジキマグロを煮付けていた一子が振り返った。

「丼《どんぶり》のみ？　それとも味噌汁とお新香付き？」

「卵二個でご飯、味噌汁、お新香のセット。ご飯味噌汁お代わり自由」

「それ、どこか専門店で食べたの？」

二三は肉野菜炒めの材料を冷蔵庫から出しながら訊いた。

「ネットで調べた。色々あるけど、味噌汁お新香付きで五百円くらいがスタンダードかな」

万里は身を屈《かが》めてグリルの火加減を覗いた。

「昨日、夜のＴＫＧの話してたじゃない。俺、ランチも受けると思うんだ。専門店が出来るくらい人気が定着してるし」

「卵出すだけなら、簡単よね」

一子が腕組みして呟いた。

「それにさ、卵かけご飯で長居は出来ないっしょ。ズズッとかき込むわけだし」

「そうねえ」

二三はガスを点火し、中華鍋《ちゅうかなべ》に油を引いた。

「やってみようか。評判良かったら、定番にしよう。手間いらずだもんね」

新しいアイデアを話し合いながらも、その日のランチの準備は整った。

日替わり定食は肉野菜炒めとサーモンフライ（もちろん、自家製タルタルソースとポン酢付き）、焼き魚は赤魚の麹漬け、煮魚はカジキマグロ。ワンコインはそぼろ丼。小鉢は冷奴《ひややっこ》とマカロニサラダ。味噌汁は筍とワカメ。漬物はカブ（葉付き）の糠漬け。そしてドレッシングかけ放題のサラダ。

十一時にタイマーが鳴ると、ご飯の蒸らしが終った合図だ。五升炊きの釜《かま》から保温ジャーに移してゆく。これが終るまでに他のすべての作業が終っていないと、店を開けてからバタバタになる。

釜の底に残る、少しお焦げの混じったご飯に塩とゴマを振り、おにぎりを四つ作る。二三と一子が一つずつ、万里が二つ。これが三人の朝の賄いだ。

「いただきます!」

おにぎりを食べ終ると、時計の針は十一時半に近づく。立て看板を表に出して、本日もはじめ食堂は店を開けた。


「……と言うわけで烏骨鶏の卵仕入れたから、シメに卵かけご飯作りましょうか?」

翌日の夕方六時五分過ぎ、三日ぶりにはじめ食堂にやって来た山手に、二三はいの一番で烏骨鶏卵の報告をした。

「おじさん、良かったじゃない。卵好きなら烏骨鶏は金字塔だよね」

カウンターの隣で康平が合いの手を入れた。今日は久しぶりに開店早々に、一人でフラリと来店した。最初の一杯は慣れ親しんだ生ビール。スパークリングワインを注文したのは、瑠美に合せていたのかも知れない。

「……」

ところが、間髪を入れずに弾んだ声が返ってくるかと思いきや、山手は黙っている。日《ひ》の出湯《でゆ》帰りのテカテカした顔が、心なしか曇って見える。

「俺ァ、卵かけご飯って奴《やつ》が、どうもなあ」

やっと口を開くと、予想外の返事だった。

「どうして？」

二三も一子も万里も康平も、腑《ふ》に落ちなくて山手を見返した。卵好きなら大好物は卵かけご飯と、何の疑いも持たずに思い込んでいたのだ。

「ほれ、何というか、白身が生だろう。俺は黄身は生でも良いが、白身の生が苦手なのよ。あのズルッとした感じが、どうにもなあ」

四人は一斉に卵かけご飯の食感を思い浮かべた。しかし、最近まったく食べていないので、にわかにはイメージを再現できない。

「温泉卵は好きだし、月見蕎麦《そば》は平気なんだ。汁が熱いと、白身の端が白っぽくなるからな。だが、卵かけご飯はどうもいただけない」

山手は生ビールの小ジョッキを手にした。

「もちろん、烏骨鶏の卵なら喰《く》いたいさ。卵かけご飯じゃなしに」

二三は頭の中で薄皮が一枚剝《は》がれたような気がした。

「私、考えが浅かったわ。味覚って複雑なのね」

「俺も、夢にも思わなかった」

万里も溜息交じりに呟いた。

「人間、嫌いなものには敏感だけど、好きなものにも敏感なんだな」

万里はシラスからマグロまで、尾頭《おかしら》付きの魚が一切食べられない。だから苦手な食材に対する感覚は人一倍敏感だった。

「烏骨鶏の卵を一番美味しく食べる調理法って、何かな?」

康平は宙を見上げ、数えるように指を折った。

「茹《ゆ》で卵、目玉焼き、オムレツ、卵焼き、茶碗蒸《ちゃわんむ》し……」

「一番シンプルなのは茹で卵かしら。卵の味がストレートに伝わるでしょ」

「でもふみちゃん、茹で卵を料理でございって出すのは、ちょっと」

万里がパチンと指を鳴らした。

「海原雄山《かいばらゆうざん》は卵の黄身を味噌漬けにしてた!」

「そんならトリュフ卵の方が美味そうじゃん」

万里と康平は『美味《おい》しんぼ』の卵対決を引き合いに出した。

今度は二三がパチンと指を鳴らした。

「良い方法がある。康平さん、菊川先生に聞いちゃえば」

「あ、そうか。灯台もと暗しだった」

と、山手が懐かしそうに目を細めた。

「そう言えば子供の頃、たまに卵が手に入ると、家族でああでもない、こうでもないと食べ方を考えたっけなあ」

つられて一子も遠くを見る目になった。

「そうね。うちは戦争中、母方の親戚《しんせき》のとこに一家で疎開してて、焼津《やいづ》だから魚は手に入ったけど、卵はたまに母屋から分けてもらうくらいで、貴重品だった。みんなで穴が空くほど眺めたわ。……確か、目玉焼きにしたと思うんだけど」

二三も子供の頃を思い出した。幼稚園の頃はまだ近所にスーパーマーケットがなく、卵は乾物屋で売っていた。パック入りではなく裸売りで、母は卵を一個ずつ選んでは、電灯に透かして有精卵かどうか確かめたのを覚えている。あの頃は一個十円だった。今も十個入りパックは二百円前後で、あの頃とそれほど変っていない。物価の優等生とは良く言ったものだ……。

万里がパチンと手を叩《たた》いた。

「はい、皆さん、術は解けました！」

翌週の土曜日、夜営業の口開けに桃田はなが来店した。連れはなく一人だった。

「よう、はな。烏骨鶏の卵、喰うか？」

「どうしたのよ、急に?」

「出来心で仕入れたんだよ。好きな料理作ってやるぞ」

二三はおしぼりを出して苦笑した。

「茹で卵のリクエストが多くてね。ま、気持ちは分るけど」

せっかくの烏骨鶏の卵をあれこれ加工されたくないのだ。しかし、一度「なるほど、これが烏骨鶏か」と知ってしまったら、同じお客さんが次も茹で卵をリクエストしてくれるかどうかは心許《こころもと》ない。

「だから、メニューも考えてるんだけどね」

「今までどんな料理作ったの？　あ、私、日向夏《ひゅうがなつ》サワー下さい」

万里はカウンター越しにお通しのそら豆を出した。

「ウニ載せ煮玉子と茶碗蒸し、目玉焼き。烏骨鶏の卵はさすがにコクがあるから、美味いことは美味い。ただ、値段が二百円増しだからなあ」

「特別にお勧めってある？」

「菊川瑠美先生絶賛のメニューがある。ただし、一人前千円だ」

「良い度胸してるじゃん。どんな料理？」

「チーズをかけた出来立て温泉卵にトリュフを削ってハラハラと舞い散らせる」

「それ、スゴくない？」

「先生が西大島《にしおおじま》のイタリアンで食べたんだって。聞いただけですごい美味そう。喰ったらマジ美味かった」

「万里、喰ったの？」

「そりゃ、お客さんに出す前に試食しないとマズいだろう。千円もするんだから」

「じゃ、それちょうだい。トリュフ食べたのって、これまで生きてて三回くらいなんだ」

はなは日向夏サワーを一口呑むと、メニューを開いて眺めた。

「おばさん、今日はトリュフ頼んだからあんまり金使えない。ポテサラと、筍とシラスのペペロンチーノ。後は、シメに何かある？」

「アサリの炊き込みご飯は？　味噌汁とお新香付き、お代わりＯＫ」

「うん。じゃ、それにする」

二三はすぐにポテサラを出した。トリュフ卵が出来上がるまでつまみになる。

トリュフ卵は意外なほど簡単に出来る。ラップに卵を一個落として塩を振り、粉チーズをかけたら包んで四～五分湯煎《ゆせん》する。水気を切って皿に載せる。

西大島のイタリアンでは本格的にチーズソースを作り、コンベクションオーブンで加熱しているが、チーズを振って湯煎にする簡単調理でも充分に美味しい。

「はい、ラップを開いて下さい」

二三がはなの前に恭しく皿を置いた。黒トリュフとスライサーを手にした万里が後に続き、湯気を立てる卵の上でトリュフを削り、黒い花びらのように散らした。

はなは皿に顔を近づけ、ヒクヒクと鼻いっぱいに空気を吸い込んだ。

「これがトリュフの香りか」

「ま、喰ってみなさい」

はなはスプーンを取り、卵に突き刺した。半熟の黄身がトロリと溢《あふ》れ出て、黒いトリュフを黄色く染めた。

「……美味い。今まで食べた卵料理の中で一番美味い」

はなは素直に感激した。トリュフと卵は相性抜群で、産地には必ず卵と合せる料理がある。そしてチーズの塩気と酸味、芳醇《ほうじゅん》な風味は、卵の味を一段とグレードアップさせていた。はなはものも言わずにスプーンを動かし、ラップに付いた卵の白身まできれいにかき取って口に入れた。

「ああ、美味かった。死にそうだよ」

厨房では万里が笑み崩れている。これだけ褒められたら料理人冥利《みょうり》に尽きるだろう。

「でも、トリュフって高いんでしょ。お代千円で大丈夫なの？」

「実はこのトリュフは冷凍の中国産でさ、生のイタリア産の十分の一で買えるわけ」

「なあんだ。だよね〜。そうじゃなきゃ、無理だよね〜」

「でもちゃんとトリュフの匂いしただろ？」

「した、した。私はこれで良いよ」

万里は筍とシラスをオリーブオイルで炒め始めた。ニンニクの香りがカウンターに漂ってくる。

「おばちゃん、白のスパークリングワインちょうだい」

はなが二杯目の飲み物を注文したとき、脇《わき》に置いたショルダーバッグの中でスマートフォンが鳴った。取り出して一度画面を確認してから、耳に当てた。

「はい、どうも。……えっ、ホント⁉」

それから一分ほど「そうなの」「へえ〜」「急だね」「ううん、ちっとも」という相槌が続いた。

二三がイェットをグラスに注《つ》いで持って行くと、はなは「じゃ、また」と言って通話を終えた。パッと顔を上げると、「面白いこと聞いちゃった」と言いたそうに目が輝いた。

「おばさん、今、環奈さんから電話でね、つばささん、寿《ことぶき》退社するんだって！」

「えええ！」

二三は思わず大声を出した。何も出来ずに手をこまねいているうちに、つばさは大河の心を射止め、ついに結婚に至ったのか。

「そ、それで、相手の人は？」

「知らない。新しく出来たカレシじゃないの」

二三はカウンターの隅の一子を見た。一子の顔にも当惑が表れていた。二人にはどうすることも出来ないのだが、やはり宇佐美姉弟のことを思うと、何ともやるせなかった。


火曜日はハニームーンの定休日だ。

二三は朝食用のパンを切らさないよう、毎週月曜日には買物に行くのだが、土曜日にはなから「永野つばさが寿退社する」という話を聞いて、行く気を失った。萌香に合せる顔がない。大河のことを相談されたのに、何一つ役に立てなかった……。

五時半に店を開けると、すぐに来客があった。

「こんばんは」

入ってきたのは噂《うわさ》のつばさだった。後ろには大河、そしてこの前来店したつばさの同僚の環奈と、他に女性が四人いた。

「すみません、テーブル付けて良いですか？」

大河が二三に訊いた。七人の中では一番の馴染み客だ。

「はい。ただいま」

二三はあわてて万里を呼び、一緒にテーブルを動かした。

「取り敢えずビール……っと、お祝いだから、スパークリングワイン開けようか？」

大河が言うと、隣に座ったつばさは嬉しそうに微笑《ほほえ》んだ。

「そうしましょう。せっかくのお祝いだもの」

「ロゼのありましたよね？　あれ一本下さい」

大河が二三に言った。

「はい、ありがとうございます」

女性たちはみな二十代後半に見えた。つばさとは会社の同僚らしい。今夜はつばさの送別会を兼ねて、未来の夫をお披露目する集まりのようだ。

「つばささんは、この店はどうして知ったの？」

「前の会社が近くで、ランチに通ってたの。夜も美味しいって評判で、この前友達と来たら、すごく美味しくって。それに……」

つばさはそこで言葉を切り、大河を振り向いた。

「私たち、この店で出会ったの。だから私たちのキューピッドよね」

つばさと大河は互いの目を見つめ合った。

周囲は当てられて目のやり場に困るところだ。しかし、女性たちはみんな大河が気になる様子で、時々チラリと盗み見ている。大河は背が高くてイケメンだが、浮わついたところはなく、腕の良いパン職人だ。女性たちの目には羨望《せんぼう》の色が浮かんでいた。

「今日の串カツは何ですか？」

「鶏肉と長ネギです」

二三が答えると環奈が得意そうに言った。

「すごく美味しいわよ。ソースも良いけど、ポン酢も合うの。一度試してみて」

一同が串カツを注文したことは言うまでもない。

二三はテーブルに料理を運びながら、聞こえてくる会話に耳をそばだてた。それによれば、つばさは寿退社の後はハニームーンを手伝い、夫婦力を合せて店をもっと大きくするのだという。

姉の萌香はどうなるのだろう？

二三の胸は波立ったが、もはやどうすることも出来ない。

二時間後、七人グループが帰って行くと、二三はいつにない疲労感を感じていた。

事態が一変したのは次の日のことだ。

水曜日のランチ営業が終り、賄いも終った午後二時過ぎ、はじめ食堂を宇佐美姉弟が訪ねてきた。しかも、つばさまで一緒だ。

「すみません。すぐ失礼しますから、どうぞお構いなく」

萌香は手土産《てみやげ》にハニームーンのパンを差し出した。

「本日はお詫《わ》びに伺いました」

三人は一斉に頭を下げた。

二三も一子も万里も、何が何やらわけが分らず、目を白黒させるばかりだ。

「まあ、とにかくお掛け下さい」

二三は椅子を勧めた。宇佐美姉弟は同じテーブルに並んで腰を下ろしたが、つばさは立ったまま、もう一度頭を下げた。

「すみません。みんな私が悪いんです。大河さんには無理をお願いして、萌香さんにはご心配をお掛けしました。はじめ食堂の皆さんにも、ご迷惑だったと思います」

不思議なことに、昨夜つばさと大河の間に濃厚に立ちこめていたラブラブムードが、今は影も形もなくなっていた。

「あのう、どういうことでしょうか？」

「私、二股《ふたまた》かけられて裏切られたんです。この男に」

つばさはバッグからスマートフォンを取り出し、画面を向けた。

二三も一子も万里も、思わず画面を覗き込んだ。

つばさと同年代の男性が笑顔で映っていた。男の顔は大河に似ている。しかし、大河の方が一段も二段も魅力的だった。

「部署は違いますが、同じ会社の人間です。去年、結婚の約束をしました。そうしたら、今年になって急になんだかんだ言って、私を避けるようになったんです。問い詰めると、私の後輩とも付き合っていて、そっちと結婚するって言ったんです」

語尾が悔しさで震えていた。

「私とこの男が付き合っていたことは、同僚はみんな知ってます。もう恥ずかしくて、会社にいられない気持ちでした」

つばさの気持ちは痛いほど分った。二股かけた男はゲスだが、その男に捨てられた格好のつばさもまた〝可哀想《かわいそう》な女〟とみなされるのだ。こんな屈辱があるだろうか。

「もう、この男に未練はありません。でも、このままじゃ気がすまないんです。こんなに踏みつけにされて、一矢も報《むく》いることが出来ずに引き下がるなんて」

「仰《おつしや》るとおりです」

一子が優しく言った。

「殴られっぱなしだと心に瑕《きず》が残りますね。一発でも殴り返してやれば、目にもの見せてやれば、それですっきり忘れられるのに」

「そうなんです！」

つばさは顔を輝かせた。

「ここで初めて大河さんを見たとき、パッと閃《ひらめ》きました。一番の復讐《ふくしゆう》は、あの男よりずっといい男と結婚することだって」

つばさは大河を見て、恥ずかしそうに肩をすぼめた。

「最初は、なんて話して良いのか分りませんでした。とにかくお店に通って、何とか二人で会う機会を作ってもらおうと必死でした」

「いきなり『婚約者のフリをして下さい』って頼まれたときはビックリしたけど、話を聞くとずいぶんひどいと思って、同情しちゃって……」

大河は頭を掻《か》いた。

「うちでいっぱい買物してくれるお得意さんだし、まあ、協力しても良いかなっと」

「最初からそう言ってくれれば良いのに。二三さんたちにもご心配かけてしまって」

萌香が肘《ひじ》で大河の脇腹をつついた。

「敵を欺くにはまず味方からっていうじゃん。俺、役者じゃないからさ。家でも練習してないと、いきなり本番だと芝居ってバレちゃう気がして」

二三はすっかり安心して気が楽になったが、すると思い出すことがあった。

「そう言えば、つばささん、パン作りの勉強がしたいって仰ったのは、それも芝居ですか？」

「違います」

つばさはきっぱりと答えた。

「私、自分が何をやりたいのか、今までよく分らなかったんです。アパレルの仕事は、自分には合わない気がしたんですけど、じゃあ何が合うのか、全然」

つばさは宇佐美姉弟に顔を向けた。

「でも、ハニームーンのパンを食べて、分りました。私はパンが作りたかったんです。子供の頃家の近所にあったようなパン屋さんがやりたいんです」

「それじゃ、これからは?」

「専門学校に行って、パン作りを勉強します。それから色んな店で修業して、自分の味を探します」

「これから、大変ですよ」

諭《さと》すような一子の声音に、つばさはしっかりと頷いた。

「覚悟してます。これからはもう、フラフラしません。自分の道を進んで行きます」

二三も一子も気持ちは同じだった。自分の道を歩き始めた若い女性の前途を祝福しよう。

「頑張ってね。応援してますよ」

第五話

みんなのナポリタン

四月に入ると、世の中の関心はゴールデンウイークに引き寄せられて行く。去年は流行《はやり》病《やまい》で散々だったので、人々が今年のゴールデンウイークに寄せる想《おも》いは二年分だ。

五月は一日が土曜日だから、カレンダー通りでも五日まで五連休になる。三十日の金曜日を休めば二十九日から七連休、有給を奮発すれば十一連休も可能だった。

ここはじめ食堂でも、お客さんたちは〝春休み〟の話題で盛り上がっていた。

「おばちゃんとこ、休みはカレンダー通り？」

日替わり定食を注文した常連の若いサラリーマンに訊《き》かれて、二三《ふみ》は首を振った。

「七連休。二十九日から五日まで」

「良いなあ。うちの会社なんか、きっちりカレンダー通り働かすんだぜ」

「うちも昔はカレンダー通りで、日曜祝日以外は開けてたんだけど、最近はもう、身体《からだ》の方がねえ」

「だよね。無理しない方が良いよ」

同席のサラリーマンが頷《うなず》いた。

「おばちゃん、うちの部長より年上だし」

「そっか。じゃあ、無理は利かないよね」

二三は曖昧《あいまい》に笑ってテーブルを離れ、カウンターに向かって「日替わりAとB！」と声を張った。

……そうか。会社に勤めていたら、今頃《いまごろ》とっくに定年だったんだ。

二三は改めて自分の年齢を考えた。食堂で働いていると〝現役感〟満々だが、かつての同級生たちは自営業以外、リタイアしている人も多い。二三も十六年前、夫・高《たかし》の急死によって大東《だいとう》デパートを退職し、キャリアウーマンから食堂のおばちゃんに転身していなければ、今頃は第二の人生を模索していただろう。

そう考えると不思議な気がする。運が良いのか悪いのか？

「焼き魚お待ち！」

万里《ばんり》の声で現実に引き戻され、二三は定食の盆を手に取った。

今日のはじめ食堂のランチは、日替わり定食が肉じゃが、キクラゲと豚肉の卵炒《いた》めの二品、焼き魚が沖ブリの照り焼き、煮魚が鯖《さば》の味噌煮《みそに》、ワンコインはジャージャー麵《めん》。小鉢はフキの煮物と胡麻《ごま》豆腐。フキの煮物は手作りだが、胡麻豆腐はスーパーの特売（八十円！）を買ってきた。一個で二人分になる。手抜きではなく、お客さんに珍しい小鉢を食べさせたいという心意気だ。味噌汁は豆腐と椎茸《しいたけ》、漬物はカブ（葉付き）の糠漬《ぬかづ》け。これにドレッシング三種類かけ放題のサラダが付いて、ご飯と味噌汁はお代わり自由だ。

「ごっそさん」

勘定を払った若いサラリーマンが帰ろうとして、ふと思い出したように足を止めた。

「ねえ、おばちゃんとこ、ナポリタンはやんないの？」

「パスタはたまにやるわよ。明日はたらこスパゲッティ。六月からは冷製パスタも始めるし」

サラリーマンはじれったそうに首を振った。

「パスタじゃなくてさ、ほら、学食とか喫茶店で出てくるみたいな、こてこてのスパゲッティ・ナポリタン。トマトケチャップどっぷりの……」

「あら、そういうの好き？」

「好き好き。ケチャップ大好き」

すると連れのサラリーマンも口を挟んだ。

「先週、ソース焼きそば出たでしょ。俺《おれ》、ソース焼きそばとナポリタンが一番好き。もっと出してよ」

「分りました。検討させていただきます」

二三は胸を張って請け合ったが、内心腑《ふ》に落ちなかった。

はじめ食堂では毎日ではないが、月に一、二回は美味《おい》しいパスタを出している。トマトソースはケチャップではなく水煮トマトを使い、スパイスとハーブを利かせた本格派だ。それなのに、どうしてナポリタンが食べたいのだろう？　ナポリタンがイタリア料理でないということは、今や常識になっているというのに。

「しょうがないですよ。ナポリタンはパスタじゃありませんから」

一秒も迷わず即答したのは三原茂之《みはらしげゆき》だ。

「トンカツやコロッケと同じく、日本料理なんです。日本化のレベルから言うと、カツ丼《どん》と双璧《そうへき》でしょうか」

日本を代表する帝都《ていと》ホテルの元社長、現特別顧問の言葉だけに、二三も頷かざるをえないが、それでも納得がいかない。

時間は午後一時半で、テーブルを埋めていたお客さんは潮が引くように引き上げた。この時間になるとお客さんは三原と野田梓《のだあずさ》、ご常連の二人だけになる。

三原は鯖の味噌煮、梓は沖ブリの照り焼きを注文していた。

二三が定食の盆を運んでいくと、梓が文庫本から顔を上げた。

「あたしは基本的にソース味とケチャップ味ってあんまり好きじゃないから、ソース焼きそばもナポリタンも全然思い入れないんだけど、男の人は好きよね。新橋《しんばし》にナポリタンで有名なお店があるわよ。ポンヌフとむさしやだったかしら」

新橋はサラリーマンの聖地だ。駅前ビル内には、昔ながらのナポリタンを提供するレトロな店が何軒もある。

梓は文庫本を手提げにしまい、カウンターの後ろの万里に目を遣《や》った。

「でも万里君としては、せっかく本格的なトマトソースのパスタ出してるのに、ナポリタン食べたいって言われたらアタマ来るよね」

「いやあ、意外とそうでもないっす」

洗い物を水切りカゴに上げながら、万里が答えた。

「三原さんの言う通りっす。別モンなんすよね、ナポリタンは」

「あら、そうなの？」

「え〜と、例えばインスタントラーメンって、ラーメン屋のラーメンの代用品じゃないっすよ。店で食べるラーメンとインスタントラーメンは違ってて、インスタント喰《く》いたいときは、インスタントじゃないとダメなんすよ」

「言ってること、何となく分るわ」

梓は目を宙に彷徨《さまよ》わせた。

「中学や高校の頃は、おやつや夜食に食べたもんよ。キャベツ刻んで卵入れて……あれがインスタントラーメンの醍醐《だいご》味《み》ね。お店で食べるラーメンとは完全に別物なのよ」

それを聞いた万里は不思議そうに首をひねったが、二三は少しのためらいもなくインスタントラーメンを食べていた……夜中に食べても胸焼けも胃もたれもしなかった……若き日を思い出した。

「何と言っても楊夫人《マダムヤン》と中華三昧《ざんまい》！」

その二つが大のお気に入りだった。一九八〇年代に発売された、所謂《いわゆる》〝本格派高級〟インスタントラーメンの代表格で、中華三昧は現在も販売中だ。

「ふみちゃん、それ、邪道。インスタントはやっぱりサッポロ一番とチキンラーメンと出前一丁よ」

「だって高級感あったもん。マダム楊は妖艶《ようえん》でお金持ちっぽかったし」

「金持ちのマダムがインスタントラーメン食べるわけないでしょ」

言うまでもなく〝マダム楊〟は架空の人物であり、CMに登場した女性はモデルである。

二人の会話に、万里はますます訝《いぶか》しそうな顔になった。

「インスタントっつったらお湯注ぐだけでしょう。キャベツとか卵って、入れる？」

二三と梓は顔を見合せ、一子《いちこ》は感慨深げに目を細めた。

「そうか。万里君の年代だと、インスタントはお鍋《なべ》で作るんじゃなくて、カップ麺なのね」

「ああ、インスタントラーメンまで年の差が……」

二三と梓は大袈裟《おおげさ》に溜息《ためいき》を吐《つ》き、肩を落とした。しかし万里に「はい、術は解けました！」と冷やかされる前に、二三はパッと顔を上げた。

「話が逸《そ》れたわ。ナポリタンよ。お姑《かあ》さん？」

一子はすぐさま頷いた。

「あたしは賛成よ。洋食屋をやってた時代は、うちの人もミートソースとナポリタンはメニューに入れてたしね」

ただし、亡き夫孝蔵《こうぞう》の作るミートソースは本格的なデミグラスソースを使い、ナポリタンにも自家製トマトソースを使っていた。だから孝蔵亡き後、息子の高と二人で家庭料理の店に衣替えしたとき、それら〝本格的〟な洋食はメニューから削ってしまったのだ。

「でも、これからうちで出すナポリタンは、完全に下町の皆さんの好きなナポリタンだものね。そんなら色々と遣りようがあるわ」

一子は一同の顔を見回した。

「皆さん、ナポリタンのイメージって、どんな感じ？」

まず三原が答えた。

「僕はやっぱり喫茶店かなあ。小学生の頃、親父《おやじ》に連れて行かれた店で、赤いウインナーの入ったやつを……。あれが原点ですかねえ」

「あたしも喫茶店ね。ウインナーじゃなくてハムだったけど」

梓に続いて二三も記憶をたぐり寄せた。

「私も喫茶店と学食かしら。どういうわけか、喫茶店のナポリタンって、ピーマンが入ってるのよね。子供の頃はピーマン嫌いだったから、取りのけて食べて母に叱《しか》られたわ」

「大学の側《そば》の喫茶店は、目玉焼きトッピングしてくれたっけ。そんで粉チーズとタバスコが出てくるんだよね。粉チーズは分るけど、どうしてタバスコ出すんだろう？」

万里は腕を組み、首を傾《かし》げた。

「ナポリタンのバリエーション、かなり豊富みたいだなあ」

三原も腕を組んで考え込んだ。

「やっぱり、新橋方面に取材に行った方が良いかしら？」

思案投げ首で二三が呟《つぶや》くと、一子はポンと手を打った。

「それも良いけど、お客さまにアンケート取ったらどうかしら？　みんなそれぞれお好みのナポリタンがあるだろうから、週替わりでリクエストに応《こた》えて店で出すとか……」

「あ、良いわね。今週は三原さんのナポリタン、来週は野田ちゃんのナポリタン、とかね」

万里も大いにやる気になって、目を輝かせた。

「おばちゃん、それで行こうよ。名付けて〝みんなのナポリタン〟大作戦！」

夕方に店を開けると、口開けの客となったのは辰浪康平《たつなみこうへい》と菊川瑠美《きくかわるみ》のカップルだった。

ることが多い。

「いらっしゃいませ。今日はお早いですね」

康平は一人のときは開店早々にやって来るが、瑠美と二人で来るときは、七時過ぎにな
「今日は五時過ぎに打合せが終ったから、早々と」

瑠美はチラリと微笑《ほほえ》んで康平を見た。康平もおしぼりを使いながら瑠美に頷き返した。

「瑠美さん、昼、食べ損なったんだって。スタミナつくもん見繕ってよ」

「まずはいただきます！」

康平の言葉が終ると同時に、瑠美はお通しの長芋のすり流しをズッとすすり込んだ。

長芋を擂《す》り下ろして出汁《だし》でのばしただけの極めてシンプルな一品だが、それだけに長芋の旨味《うまみ》とネバトロの食感が生きている。吸い口は本山葵《ほんわさび》だ。

「美味しい！　やっと人心地がついたわ」

瑠美は一気に飲み干して、上唇についたとろろを舌でペロリとなめ取った。

「先生、もう一杯如何《いかが》ですか？」

「ああ、是非！　康平さん、飲み物、例によってイェットで良い？」

「いいとも！」

康平は今や死語となったギャグで返した。

二三がイェットの瓶をカウンターに置くと、康平は慣れた手つきで栓を抜いた。瑠美が

二杯目のすり流しを飲み干してから、二人はグラスを合せて乾杯した。

万里がカウンターから首を伸ばした。

「先生、ガッツリってことで、じゃが味噌バター、マグロ頰肉《ほおにく》のカツ、筍《たけのこ》と牛肉の中華炒めでどうっすか？」

「あ、良い感じ。それでお願いします」

瑠美は弾んだ声で答え、グラスの中身を半分飲み干した。

松原青果《まつばらせいか》の持ってくるジャガイモは質が良いので、ポテトメニューを増やしたいと話し合ったところ、意外にもこれまで店でじゃがバターを出していなかったことに気が付いた。

「じゃがバターはトッピングで変化が付けられるから、あれこれ試せるわよね。それに私、大好物なの」

「今日はニンニク味噌とバターのトッピングです」

「聞いただけで美味しそう」

瑠美が胸の前で両手を握りしめると、康平が訊いた。

「それ、おばちゃんが考えたの？」

「どっこい。『吉田類《よしだるい》の酒場放浪記』で観《み》たの」

「よその店のメニューって、参考になるわよね」

瑠美は我が意を得たりという風に、大きく頷いた。

「レシピは世の中にいっぱいあるけど、一番役に立つのは他人《ひと》が作った料理を食べることだわ。お店のメニューだとか、よそのお宅の手料理だとか」

二三が二人と話している間に、万里は筍と牛肉を中華鍋で炒め始めた。最後に絹さやを入れると、茶色い風景が緑で少し華やぐ。

目の前に湯気の立つ皿が置かれると、康平と瑠美は同時に箸《はし》を伸ばした。

「ま、青椒肉絲《チンジャオロース》のピーマン抜きって感じかな」

万里は使い終った中華鍋に水道の水を注いだ。

「でも、やっぱり生の筍は美味しいわ。味も香りも食感も、全然違う」

「やっぱ、香りだな。水煮で売ってるやつは、どうしてもこの微妙な香りがないんだよな」

康平はそう言って鼻から息を吸い込んだ。

筍の香りは慎ましく、オイスターソースの陰に隠れている。しかし軽く噛《か》むと口の中に淡い香りがほんのりと広がり、鼻に抜ける。筍という字がどうして竹冠に「旬《しゅん》」なのか、食べた人はその瞬間に納得するだろう。

康平と瑠美は炒め物を肴《さかな》に、二杯目のグラスも空にした。

「はい、じゃが味噌バターです」

器の中には皮に十文字の切れ目を入れた大ぶりのジャガイモが、焦げ茶色のソースをたっぷりまとって鎮座している。しかもソースの中央では黄色いバターが熱で身をとろけさせている最中だった。

「お熱いのでお気を付けて」

ジャガイモはレンジで加熱してからニンニク味噌ソースをかけ、魚焼きグリルで少しあぶって焼き色を付けた。

ソースはおろしニンニクと味噌・酒・砂糖を油で炒めたもので、調味料として他の料理にも使えるし、おにぎりに塗っても美味しい。

「この味噌とバターが……」

康平が感に堪えたように目を閉じた。

「バター醬油《しょうゆ》も美味しいけど味噌バターも最高。発酵食品同士で相性が良いんだわ、きっと」

瑠美は料理研究家らしい感想を漏らしたが、残念ながらはじめ食堂のバターは普通の市販品で発酵バターではない。それでも味噌・醬油とバターの相性が良いことは多くの料理が証明している。

康平と瑠美は三杯目のグラスも半分飲んでしまった。イエットの瓶はほとんど空だ。

「康平さん、お酒、次は何にする？」

瑠美はごく自然に康平に尋ねた。

「おばちゃん、この後の料理、何？」

「次はマグロ頬肉のカツ。その後のお勧めはアスパラのグリル目玉焼き載せ、ロールキャベツ、青柳《あおやぎ》とワケギのぬた、白魚《しらうお》の卵とじ、日向夏《ひゅうがなつ》とホタルイカとルッコラの柚子胡椒《ゆずこしょう》サラダ」

豪華なラインナップに、康平と瑠美は困ったように顔を見合せた。とても全部は食べきれない。

「そうさなあ……日向夏のサラダは食べたいでしょ？」

「ええ。それとアスパラのグリル。後は多分、シメでお腹《なか》いっぱいだと思う」

「おばちゃん、今日のシメでお勧めは？」

「豆ご飯。松原青果さんが極上のグリーンピースを持ってきてくれたから」

ほんの一瞬考えてから、康平は二三を振り向いた。

「よし。ここは料理を主役に上品にまとめよう。おばちゃん、飛露喜《ひろき》の純米吟醸山田錦《やまだにしき》、二合ね」

はじめ食堂の飲料はほとんど辰浪酒店がおろしているので、勝手知ったるなんとやら、康平は冷蔵庫の中身をお見通しだ。

食事も中盤にさしかかってスピードが落ち着いてきたので、二三は声をかけた。

「突然ですが、先生と康平さんには、こだわりのナポリタンってありますか？」

康平も瑠美も怪訝《けげん》そうに二三の顔を見た。

「ナポリタン？」

「今度うちの店で出そうと思うの。皆さんのリクエストに従って、今週は康平さんのナポリタン、来週は瑠美先生のナポリタンって感じで」

「面白いわね」

瑠美がカウンターから二三の方に身体を向けた。

「うちの実家の近所に洋食屋さんがあって、東京で修業したご主人がやってたの。私はそのマカロニグラタンが大好きで……。ナポリタンも、多分自家製のトマトソースで作ってたと思うわ。マッシュルームと厚切りのロースハム、玉ネギが入ってた」

「俺、一番印象に残ってるのが学食のナポリタン。別に美味《うま》くなかったけど量が多くてさ。トッピングが別料金で、全部載せっていうのは目玉焼きとハンバーグとコロッケと唐揚げが載ってんの。もう何喰ってんだかよくわかんないけど、バイトで金が入ると、みんな何《な》故《ぜ》かあれを注文するんだよね」

二三はコホンと咳払《せきばら》いをして瑠美に尋ねた。

「先生は料理研究家として、ナポリタンの位置づけをどのように思われますか？」

「そうねえ」

空腹が満たされてきたので、瑠美はゆったりと腕を組んで首をひねった。

「日本料理として確固たる地位を築いてると思うわ。カレーやラーメンと同じように、完全な日本食よね。お店ごと、家庭ごとに味が違って、それぞれ美味しいし」

そして思い出したように目を瞬《しばたた》いた。

「イタリアで知り合ったフードライターが、五、六年前に来日したの、東アジアのイタリア料理の取材で。私、東京のイタリアンの店を何軒か案内したんだけど、どの店も素晴しくレベルが高いって驚いてたわ。その彼女が帰国するとき……」

瑠美はクスリと思い出し笑いを漏らした。

「日本で一番印象に残ったパスタがナポリタンとタラコスパゲッティですって。イタリア料理じゃないけどどっちも美味しいって。それにナポリタンは名前も気に入ってたわ。イタリア料理に〝トーキョー〟とか〝オーサカ〟って名前付けるようなセンスがユニークだって」

瑠美の言葉で、二三の自信は確信に変った。

そうだ、ナポリタンは日本料理なのだ。

「万里君の言う通り。〝みんなのナポリタン〟大作戦だわ」

そこへ、一子が揚げたてのマグロ頰肉のカツを運んできた。

「珍しいね」

「こちらでマグロの頰肉をいただくのって、初めてじゃないかしら」

康平と瑠美はキツネ色に揚がったカツに顔を近づけた。

「政《まさ》さんが豊洲《とよす》で仕入れて来たのを分けてくれてね。ステーキや網焼きも良いけど、カツが一番美味しいって言うから」

「おじさんも元気だよね。毎日店に立ってるもん」

山手《やまて》政夫《まさお》は佃《つくだ》の鮮魚店魚政《うおまさ》の二代目で、店の経営と仕入れは息子の政和《まさかず》夫婦に任せたが、まだ引退したわけではない。魚の目利きには自信を持っている。

「これはソース、醤油？」

「どっちでも。今、タルタルソースとおろしポン酢を出すから、食べ比べてみて」

一子は冷蔵庫から自家製タルタルソースの容器を取りだした。ピクルスを入れず、茹《ゆ》で卵と玉ネギと乾燥パセリ＆バジルで作ったので、酸味が少なくマイルドな味だ。ご飯にかけて醤油を少し垂らすと何杯でも食べられると、大勢のお客さんが言っている。

康平も瑠美も、カツを箸で千切り、まずは何もつけずに口に運んだ。マグロの頬肉は脂が乗って弾力があり、しかも肉より軟らかい。下味の塩胡椒がマグロの味を引き立てていた。

「美味い。何とも言えない食感」

「魚と言うよりお肉に近い感じ。確かに、すごくカツに合うわ」

ステーキ、漬け焼き、シチューと、マグロ頬肉のレシピは沢山ある。今日は二人がオイスターソースを使った中華炒めとじゃが味噌バターを注文したので、味が重ならないようにカツを勧めたのだが、その選択は大成功だったようだ。

二三と万里と一子は素早く目を見交し、ニンマリと微笑んだ。

「こんばんは」

四人連れのお客さんが入ってきた。週に一度は顔を見せてくれる常連さんだ。

「いらっしゃいませ」

それをきっかけに二人連れ、三人連れのお客さんがやって来て、七時にはテーブル席はすべて埋まった。

「突然ですが、あなたのこだわりのナポリタンを教えてくれませんか？」

酒と料理を運ぶ合間に、二三はテーブルを回って同じ質問をした。すると〝日本料理〟としてのナポリタンの多彩さが見えてきた。

「うちのお袋は魚肉ソーセージ使ってたよ」

「うちはケチャップとウスターソース混ぜるんだ」

「〝スパゲッティーのパンチョ〟ってナポリタンのチェーン店、知ってる？　俺、あそこの白ナポリタン大好き。ニンニクが利いてて、好みでラー油かけて喰うんだけど」

「新橋の〝ソングラム〟ってモツ専門のビストロ、ナポリタンもモツ入ってんの。これが結構いけるんだな」

「ナポリタンにオムレツ載せると美味いよ。俺はオムそばより断然オムナポ」

「ナポリタンに粉チーズとタバスコは欠かせないな」

どのお客さんからも打てば響くように、個性的な答が返ってくる。それほどナポリタンは日本人に浸透しているのだ。カレー、ラーメンと並ぶ、立派な日本のソウルフードだ。

忙しい時間はあっという間に過ぎる。気が付けば康平と瑠美はシメの豆ご飯を食べ終えていた。

「ごちそうさま」

二人はすみやかに席を立った。瑠美は「明日の朝ご飯用に」豆ご飯をテイクアウトした。

「ありがとうございました！」

カウンターを片付けていると、新しいお客さんが入ってきた。

「いらっしゃいませ！」

桃田《ももた》はなと山下智《やましたさとる》だった。訪問医療専門の医師で、はなの祖母も世話になっているという。二三も以前、緊急で駆け込んで薬を処方してもらったことがある。

「山下先生、お久しぶりです。どうぞ、カウンターの方へ」

「どうも、御無沙汰《ごぶさた》しています」

はなと山下は康平と瑠美の座っていた席に腰を下ろした。

「よろしかったら、ノンアルコールビールもございますよ」

二三がおしぼりを渡しながら言うと、山下は嬉《うれ》しそうに首を振った。

「今日は大丈夫です。アルコール、いただきます」

「先生のとこ、常勤のお医者さんが五人に増えたんだって。だから毎週水曜日はお休み取れるようになって、夜中の往診も他の先生に代ってもらえるんだよ」

はなは山下に代って説明しながら、アルコールのメニューに目を走らせた。

「先生、乾杯は泡でやらない？　ここ、去年の終りからスパークリングワイン置いてんの。グラスで頼めるから」

山下はメニューも見ないで頷いた。

「そうだね。僕ははなちゃんの好きなやつで」

「じゃあ、ロゼ下さい」

「ドン・ロメロ二つお願いします！」

万里は二三に注文を通してから、はなの方に向き直った。

「先生の事情は分ったけど、はなはなんで一緒に来てんの？」

「フフフ。万里、妬《や》いてるな」

「ば～か」

今日は立場が逆転して、万里が突っ込んだ。

「先生、友達いないからさ。せっかくの休みに一人でマンションにいるのつまんないだろうから、誘ってあげたんだよ」

「お前、ホント、失礼が洋服着て歩いてるような奴《やつ》だよな」

「だってホントのことだもん。ねえ、先生」

山下はまるで屈託のない顔であっさり頷いた。

「そうなんです。僕、変人なんで、友達いないんですよ」

そして嬉しそうに付け加えた。

「前にこの店に来たときからファンで、また来たいと思ってたんです。でもなかなかチャンスがなくて。今日、はなちゃんからご飯のお誘いがあったんで、そんならはじめ食堂だと」

山下はお通しのすり流しをズズッとすすり込んだ。

「ああ、美味いなあ」

二三はドン・ロメロのグラスを二人の前に置いた。

「うちの店をお心に留めて下さって、ありがとうございます。ご注文はお決まりですか？」

「日向夏のサラダとアスパラ卵とじゃが味噌バター。それとマグロ頬肉のカツ下さい」

はなはスラスラと注文を告げてから山下を振り返った。

「先生は何が良い？」

「え〜と、筍とワカメの木の芽和《あ》えかなあ」

「渋好みだね。じゃ、それもお願いします」

言い終らぬうちにはなはグラスを取り、山下と乾杯した。

「先生、シメに豆ご飯ありますけど、召し上がりますか？」

「はい、もちろん」

「万里、テイクアウト可能なら、先生の明日の朝ご飯に包んでくれない？」

「いいよ」

すっかり相手を自分のペースに巻き込むいつもの〝はな流〟に、万里も苦笑するしかない。しかし山下は、ずっと年下のはなに仕切られるのを楽しんでいるようだった。

「今、お客さまにアンケートお願いしてるんです。こだわりのナポリタンがあったら、教えてもらえませんか？」

二三は日向夏の柚子胡椒サラダを運び、二人の前に取り皿を置いた。はなが早速ホタルイカを箸でつまみ上げた。

「私、冷凍。お店でナポリタン注文するって、記憶にない。ペスカトーレはあるけど」

ペスカトーレは魚介類を用いたトマトソースのパスタで、由緒正しいイタリア料理である。

「僕のスパゲッティの原型は、ハンバーグの付け合わせに付いてきたやつだなあ、ケチャップ味の。僕はマヨネーズ味の方が好きだったけど」

山下はサラダを取り皿にわけながら答えた。

言われてみれば、二三もすぐに思い当たる。子供の頃から、お店で食べるハンバーグの脇《わき》には、野菜の他に何故かあの赤いスパゲッティが添えられていた。もしかしたらナポリタンにハンバーグを載せるのは、歴史と伝統に則《のっと》ったトッピングかも知れない。

「はい、じゃが味噌バター」

万里がカウンター越しに皿を渡した。

山下は待ちかねたように熱々のジャガイモに箸を伸ばした。二三はふと、山下が北海道出身と言っていたことを思い出した。

「先生、ラムはお好きですか？」

「はい。子供の頃から肉と言ったら、まずは羊でした。大学で東京に来るまで、すき焼きもしゃぶしゃぶも食べたことなかったんですよ。ジンギスカンばっかりで」

「うち、週替わりで豚・牛・ラム・鶏肉《とりにく》の串《くし》カツやってるんです。再来週はラムなんで、お時間あったらまたいらして下さい」

山下がジャガイモを口に入れたまま目を輝かせると、はなが得意そうに言った。

「ラムで串カツって珍しいでしょ。美味しかったよ。豚肉と玉ネギの串カツもイケるよ。ポン酢で食べると最高！」

山下はグラスに残ったスパークリングワインを飲み干し、大きな溜息を吐いた。

「美味そうだなあ。聞いてるとどんどん腹が減ってくる」

筍とワカメの木の芽和えが出来上がった。次はアスパラのグリル目玉焼き載せ、マグロ頰肉のカツの順番で出す。

「お飲み物、次は何がよろしいですか？」

「僕はこれ、お代わり下さい」

「私も！」

威勢の良い声を上げると、はなは山下を見てニヤリと笑った。

「先生、面倒臭いからボトルで取っちゃおうよ」

「そうだね。飲みかけのボトル、出して下さい」

「面倒臭いからボトルって、すげえ台詞《せりふ》だよね」

万里は呆《あき》れて呟いたが、はなはどこ吹く風だ。

「そう言えば、スープカレーもやってましたよね？」

山下がカウンターの中に問いかけた。

「はい。週に一度はランチにカレーを出しています」

マグロの頰肉にカツの衣を付けていた一子が答えた。

「今週は牛スジカレー。来週はゴールデンウイークでお休みしますが、その次は休み明けの木曜日で、何にするかまだ決めてないんですよ。キーマカレーと思ったんですが、よろしかったらスープカレーにしましょうか？」

　山下はゴクンと喉《のど》を鳴らした。

「お願いします。休み明けのカレーの日、必ず伺います」

「夜も出しますから、ご都合のよいお時間でいらして下さいね」

「ああ、楽しみだなあ」

　山下はじゃが味噌バターの最後の一切れを頰張った。

　タイマーが小さく鳴り、万里はオーブンを開けた。グラタン皿を取り出すと、中のアスパラに焦げ目がついている。粉チーズを振りかけるとすぐにとろけた。素早く出来立ての目玉焼きをトッピングして完成だ。

「どうぞ。熱いのでお気を付けて」

　山下が皿を覗《のぞ》き込んだ。

「おしゃれですね。ビストロみたいだ」

「ここ、店はショボいけど料理はイケてるから」

「ついでにシェフがイケメンだし」

　万里が口を挟むと、はなは「バ〜カ」と応じた。

　その時、入り口の戸が開いて要《かなめ》が顔を覗かせた。九時前に帰宅することなど滅多にないが、今夜はまだ八時ちょっと過ぎだった。

「お帰り。早いね」

「お母さん、悪い。お塩」

そう言えば今朝は出がけに「夜はお通夜《つや》に顔出して来る」と言っていた。二三があわてて厨房《ちゅうぼう》に入ると、万里が塩の容器を手渡してくれた。

「ありがと」

要は服についた塩を払い、店に足を踏み入れた。通夜なので喪服ではなく、黒のパンツスーツ姿だった。

要はカウンター脇の階段を上がろうとして、急に足を止めた。

「山下先生？」

山下も振り向いて要を見た。

「ああ、二三さんの娘さんですよね？」

お互い一年以上前に一度会ったきりだが、ちゃんと覚えていた。

「あの時は母がお世話になりました」

要は丁寧に腰を折って挨拶《あいさつ》してから、名刺入れを出した。

「私、西方《さいほう》出版の一《にのまえ》と申します」

山下は名刺に目を落とし、幾分怪訝そうに目を凝らした。

「一と書いて〝にのまえ〟と読みます」

「ああ、なるほど」

「先ほど、梨本《なしもと》みのり先生のお通夜に行って参りました」

それを聞いた途端、山下の表情が引き締まった。

「次男さんご夫婦がドイツにお住まいなので、葬儀まで少し間があいたと伺いました」

「そうでしたか。私はご長男一家としかお目に掛かったことがなくて」

梨本みのりは家庭問題を論じた評論家で、エッセイも人気があった。二三の学生時代からテレビでコメンテーターとして活躍していたから、八十歳は超えているだろう。実用書の編集部にいた頃、梨本みのりの担当になったと言って、要は興奮していたものだ。

「ご長男と奥様から、山下先生の診療を受けていたと伺いました。『病院ではかなりひどい状態だったのに、家に戻って在宅に切り替えたら見違えるように元気になって、母も家族も幸せでした、本当に良い時間を過ごせました』って、何度も仰《おつしや》ってました」

「先生に診《み》てもらえたんなら、そのお宅も幸せだったよね」

はながしみじみとした口調で言った。はなの祖母も山下の訪問診療を受けているだけに実感がこもっていた。「元日でもすぐに往診に来てくれた」というはなの言葉を、二三は覚えている。

「お母さん、ちょっとビールもらえる？」

要は遠慮がちに尋ねた。二三が頷くと、山下の隣の席に腰を下ろした。

「ご長男は『電柱の巻き広告を見てお電話した』って仰ってました。在宅医はケアマネージャーさんが紹介するのかと思っていたので、正直驚きました」

「いや、普通はケアマネさんや訪問看護師さんが紹介してくれるんですが、梨本さんと出会ったのは、私が前の診療所を飛び出した直後だったもんですから、少しでも宣伝しないといけなくて……」

はなは以前、山下が勤めていた診療所を「オーナーが金儲《かねもう》け主義でひどいとこだった」と言っていた。

二三が生ビールの小ジョッキを運んで行くと、要は「献杯」と言って口を付けた。

「要、何か喰うか?」

万里がカウンターから首を伸ばした。

「うん、腹ぺこ。お線香あげてすぐ引き上げてきたから、夕飯まだなんだ」

「よし。待ってろ」

万里はフライパンを手にガス台に向かった。

「今でこそ人が増えて、朝礼の時診療所から道路にはみ出しちゃうけど、最初は先生と看護師さんと事務員さんの三人でおん出ちゃったから、それは苦労したんだって。電信柱に広告貼《は》るくらい、やって当然だったよね、先生」

はなは当然のように解説を入れた。

「お陰で今や荒川区《あらかわ》と台東区《たいとう》で一番デカい診療所になって、患者さんも六百人超えたんだって」

「お前はマネージャーか」

万里のツッコミにもはなはへこたれない。

「だって、みんな知らないでしょ。先生はただの医者じゃないんだよ。NGOでアフリカ行って、電気も水もない土地で何年もエイズ撲滅のために働いたんだから」

はじめ食堂の三人と要は、驚いて山下の顔を見返した。

「……すごい」

四人が尊敬の眼差《まなざ》しを注ぐと、山下は照れたように下を向いた。

「いやあ、若気の至りです。結局、大したことは出来なかったです」

気取りもごまかしもない、真摯《しんし》な口調だった。

大したことが出来なかったというのは本当だろうと、二三は思った。山下が赴いた土地は、日本と比べてはるかに劣悪な環境にあり、生活習慣も違う。その中で医者が出来ることは限りがある。それでもきっと可能な限り、人々の健康増進のために尽力し、確かな足跡を残してきたに違いない。ほんのわずかだが山下の人柄に直接触れて、二三はそのように確信した。

「アフリカはどちらにいらしたんですか？」

要が好奇心丸出しで訊いた。

「ケニアの端の、ヴィクトリア湖に浮かんでる離島です」

「お食事なんかは、どうなさってました?」

「ご飯は毎日、トウモロコシの粉を水で練ったウガリっていうのが主食で、おかずはスクマっていう野菜を湖で捕れる魚と一緒にトマトソースで煮たシチューです。あの島でそれ以外の料理は食べたことありません……と言うか、見たことないです」

はなは前に聞いたことがあるらしく平然としていたが、初耳の四人は思わず溜息を漏らした。

「それは、大変でしたねえ」

「いや、別にそうでもなかったです。二年間いましたけど、飽きたとか、他の料理が恋しくなったこともありませんでした」

山下はなんの屈託もなく答えた。

「むしろ、用事で東南アジアに行ったときの方が閉口しました。夜、屋台に行ったんですけど、全然口に合わなくて」

「仰ること、分るような気がします」

一子が考え深げに口を開いた。

「毎回同じものを食べるというのは、言い換えれば味が安定してますものね。でも東南アジアの屋台は沢山あるから、きっとピンキリで……。ピンに当たれば良いけど、キリに当たったら災難だわ」

「いや、その通りです！」

山下は嬉しそうに言って、グラスの残りを飲み干した。良い飲みっぷりで、酒が強そうだ。

「はなちゃん、瓶、空けちゃおう。もう一本頼むから、要さんもどうぞ」

要はチラリと二三の顔を見てから「ご馳走《ちそう》になります」と頭を下げた。

ゴールデンウイーク明けの木曜日、七連休したはじめ食堂は八日ぶりに店を開けた。

この日はカレーの日で、日替わりとワンコインはカレーになる。

今日は山下との約束通り、スープカレーにした。具材は柔らかく煮込んだ手羽元、インゲン・ズッキーニ・赤と黄色のパプリカ・新じゃがの唐揚げがトッピングだ。

焼き魚はホッケの干物、煮魚は赤魚。小鉢はシラスおろしと新ゴボウのきんぴら。味噌汁は豆腐とワカメ。漬物はキャベツの糠漬け。これにサラダが付いて、ご飯味噌汁お代わり自由。

安くはないが高いとは言わせない……つもりで心を込めて作っている。今日のお客さんにもこの思いが伝わりますように。

十一時三十分、開店の時間だ。

「いらっしゃいませ！」

店を開けた途端、お客さんが次々に入ってきた。最初の五人は店が開くのを外で並んで待っていてくれた。このご時世に、本当にありがたい。

二三は心を弾ませ、おしぼりとほうじ茶をテーブルに運んだ。

「カレー、定食で」

「俺も」

「トンカツ定食」

立て続けに注文が入る。毎度のことだが、カレーの日はカレーの注文が一番多い。

「おばちゃん、この前言ってたナポリタン、いつやるの？」

「来週の火曜日。月曜は串カツ出すから、皆さんが迷わないように」

「親切だねえ」

「一発目は誰のナポリタンにするの？」

「それは来店してのお楽しみよ」

二三はカウンターを振り返り、声を張って注文を通した。

「気になるなあ。ヒントだけでも教えて下さいよ」

午後一時半少し前、いつもの時間に来店した三原茂之が言った。

隣のテーブルでは野田梓が文庫本を片手に笑いをかみ殺している。立派な大人を子供っぽくしてしまう魔力を、ナポリタンは秘めているのだろうか。二三も一子も自然に微笑んでいた。

「分りました。それでは発表します。〝みんなのナポリタン〟第一回目は〝鈴木《すずき》さんのナポリタン〟です！」

三原はいくらか怪訝な表情を浮かべた。

「鈴木さんは、こちらのお客さんですか？」

二三は笑顔のまま首を振った。

「特定の人じゃないんです。日本で一番多い名前だから」

一子と万里も説明を加えた。

「まずは一番オーソドックスなナポリタンにしました」

「ウインナーと玉ネギとマッシュルームとピーマンで、ケチャップたっぷり、喫茶店の味。ま、ど真ん中っすね」

三原は目を細めた。

「じゃあ、火曜日はナポリタンにしようかな。考えてみれば、もう何年も食べてない」

「ご予約一名様、いただきました」

二三は定食の盆にスープカレーの皿を載せ、三原の前に運んだ。

その夜、夜営業が始まる前に、二三のスマートフォンに要から電話がかかってきた。

「お母さん、七時に三名、予約入れて」

「良いわよ。いらっしゃるのは作家さん？」

要はたまに、担当している作家をはじめ食堂に連れてくる。要が人気作家の足利省吾《あしかがしょうご》が贔屓《ひいき》にしていると宣伝するせいか、皆さん喜んで下さるし、稀《まれ》にはリピーターになってくれた作家もいる。

「山下先生と、同期で『ウィークリー・アイズ』の編集部にいる子。丹後《たんご》っていうの。よろしくね」

要は用件だけ告げて通話を切った。「ウィークリー・アイズ」は西方出版で刊行している週刊誌だ。

「要が七時に山下先生と同期の編集者を連れてくるって」

二三はカウンターを振り向き、一子と万里に告げた。

「なんだろ？」

「さあ」

一子と万里も顔を見合せて首を傾げた。

七時過ぎ、はじめ食堂が八分の入りになったとき、要が山下と女性を連れて入ってきた。

「いらっしゃいませ。どうぞ」

二三は「予約席」の札を置いたテーブル席を示した。

「どうも、初めまして。丹後千景《ちかげ》と申します。要さんにはいつもお世話になっております」

「いいえ、とんでもない。こちらこそ」

二三もあわてて頭を下げた。

丹後千景はややぽっちゃり加減の体形で、顔も目も鼻も丸みを帯びていた。そのせいか年齢より若く見え、制服姿なら女子高生で通りそうだった。

「先生、今日はノンアルコールですか？」

「いや、大丈夫です。当直を代ってもらいましたから」

山下は嬉しそうに両手をこすりあわせた。

「近頃は楽になって、本当に幸せです。今日はスープカレーも食べられるし」

「ラムの串カツもご用意してますよ」

「ホントですか？　それじゃ、この前のスパークリングワイン、瓶で下さい」

二三は厨房にとって返し、おしぼりとお通しを持ってきた。今日のお通しはグリーンピースのすり流し。冷たいクリームスープだ。

「美味しい！　足利先生がご贔屓にするだけあるわ」

千景はカップを手に、珍しそうに店内を見回した。「こんな古くて汚い店なのに」という心の声が聞こえそうだ。

二三はドン・ロメロの瓶とグラス三つをテーブルに運んだ。

「お母さん、お料理は適当にお任せします。ラストはスープカレーでお願い」

「はい。畏《かしこ》まりました」

カウンターに戻って万里に注文を伝えると、すぐに答が返ってきた。

「串カツとスープカレーは決まりだから、他は野菜と魚介だな。冷やしアスパラとカツオのイタリアンたたき、キャベツのペペロンチーノ、トマトオムレツでどう？」

話しながらも鮮やかな手つきでフライパンを操り、ホタルイカとエリンギの炒めものを仕上げてしまった。

「万里君、完璧《かんぺき》。メニュー構成も実技も匠《たくみ》の技よ」

「今頃気が付いた？」

万里は得意そうに胸を反らせてから、次の料理に取りかかった。

隣では一子が冷蔵庫から出した茹でたアスパラをまな板に載せ、四等分に切り始めた。

皿に盛ってマヨネーズを添えれば出来上がり。

料理とも言えない簡単メニューだが、松原青果から仕入れた旬のアスパラの美味しさは絶品だった。

「はい、ふみちゃん」

カウンターに皿を置くと、今度はカツオのイタリアンたたきを作り始めた。

これもまた、市販のカツオのたたきを使った手間いらずメニューだ。酢とオリーブオイルと醤油、そして玉ネギのみじん切りを混ぜたドレッシングを用意しておけばすぐ出来る。切って並べたカツオに軽く塩胡椒し、ドレッシングをかけ、ミニトマトと黒オリーブの粗みじんを飾るだけ。和風とはひと味違った趣を楽しめる。

二三がテーブルに料理を運んで行くと、突然スマートフォンが鳴った。山下がすぐに上着のポケットからスマートフォンを取り出し、耳に当てた。穏やかな顔が緊張で引き締まっている。

「原田《はらだ》先生、どうしました？」

原田先生とは、おそらく今夜の当直担当の医師だろう。

野次馬根性は承知だが、この状況で聞かずにいるのは殺生だ。要や千景と同じく、二三も山下の言葉に耳を傾けた。

「伊本《いもと》さんは退院四日目だからね。心臓の機能の低下で、どうしても左右差が出るんだ。……いや、利尿剤なんて使わない方が良い。水分補給も出来ない状態では脱水症状を起こす。……ただ、もし不安が強いようなら、少し安定剤を処方しても良いかも知れない。

「……分りました。実際に診察して、判断に迷ったらすぐ電話して下さい。僕も応援に駆け付けます」

山下は電話を切ってスマートフォンをしまった。

「お看取《みと》りのために病院から自宅に戻った患者さんです。ご家族から、右足の甲がむくんでいると電話がありまして」

患者は九十六歳の女性で、入院中からすでに口からは水も飲めない状態だった。退院後は点滴も投薬もすべて止《や》め、住み慣れた家で家族に囲まれ、静かに死を迎えようとしていた。

「僕は、もしかして呼び出しがあるかも知れないので、アルコールはこれで……」

山下は説明の後で付け加えた。

「あの、まったく水分補給の出来ない状態で、苦しくないんですか？」

要が尋ねると、山下は首を振った。

「逆です。無理に点滴で水を入れると、患者さんは水ぶくれになって、溺《おぼ》れたみたいな状態になるんです。だから痰《たん》がからんで呼吸が苦しくなったりします」

その患者は心臓の機能を上手に使いながら、身体に残った水分と油分を全身に回しているのだという。

「皆さん、枯れ木からぽとりと枝が落ちるように、それは安らかにお亡くなりになります」

二三は深い感慨を覚えて、そっとテーブルを離れた。

「先生の患者さんは、やはりご高齢の方が多いんでしょうか？」

千景の声が耳に入った。

「九割は八十歳以上ですね」

「やはり要介護で寝たきりの方が？」

「僕の場合は末期癌《まつきがん》と難病の患者さんが多いんです。五十代の患者さんは皆さんそのどちらかです。普通に老衰で介護度の高い方は、一割くらいでしょうか。桃田さん……はなちゃんのお祖母《ばあ》さんは、僕の患者さんの中では緊急性の低い方なんです」

最後の言葉は要に言ったのだろう。

「それじゃあ、お亡くなりになる方も多いんですね」

「そうですね。ひと月に三十人から五十人はお看取りさせていただいてます」

それからしばらくは雑談が続いた。三人とも料理が気に入ったようで、豪快に食べ進んでいる。

二三がキャベツのペペロンチーノとトマトオムレツを運んで行くと、要が空になった瓶を指さした。

「お母さん、スパークリングワイン、別のない？」

「カヴァの白があるわよ。ヴィン・イエット」

「じゃ、それ。山下先生は何になさいますか？」

「ウーロン茶、お願いします」

二三がイェットの瓶と新しいグラス、ウーロン茶を用意してテーブルに戻ると、山下が伏し目がちに言った。

「先ほどの伊本さんや桃田さんはご家族に囲まれてお幸せですが、そういう方ばかりじゃありません。この前、天涯《てんがい》孤独の高齢の患者さんに『毎日寂しくて辛《つら》いんです。先生、寂しさを消す薬ってないんですか』って訊かれましてねえ。何とも答えようがなくて……」

要も千景も言葉に詰まって俯《うつむ》いた。若い二人には想像もつかない心境だろう。

二三はその気持ちが分った。自分がもっと高齢になって、一子も要もいなくて一人暮らしだったら、しかも訪問医のお世話になるくらい身体が弱ってしまったら、きっと生きる気力も萎《な》えて、毎日寂しくて仕方ないだろう。

老い先短い命なら、麻薬もありなんじゃないだろうか？

不意に、そんな考えが頭をよぎった。

麻薬の力で楽しい夢を見ていれば、老いの孤独も死の恐怖も忘れたまま、安らかに最期を迎えられるのに。

二三も昔、授業でアヘン戦争を習ったし、麻薬が恐ろしい薬だということは充分承知している。しかし、寂しさに耐えて死を待つだけの晩年を送る人が、死が訪れるまでの時間を麻薬に頼って安楽に過ごすことは、そんなに悪なのだろうか？　頑張って生きてきた人が人生の最期で楽したら、そんなに罪深いのだろうか？

医療用麻薬は使用が認められていると聞いたことがある。おそらく痛みを緩和するために使うのだろう。それなのに、身体の痛みを取るのは良くて、心の痛みを取るのはダメというのは理屈に合わない。人間は精神と肉体で、心と身体で出来ているのに。

二三はチラリと山下の横顔を盗み見た。

新聞もテレビも前向きで正しい意見しか言わない。しかし、前向きで正しい意見だけで人の心は救われない。むしろ弱っている心は、前向きと正しさに追い詰められてしまうのではあるまいか。

「先生、老い先短い高齢者は、本人が希望すれば麻薬ＯＫで良いと思いませんか？」

山下も要も千景も、ビックリして二三の顔を見た。しかし、三人の顔に非難の色は浮かばなかった。

「僕も、正直そう思います。人の心は、人の力で救えるもんじゃありませんから」

山下は自分自身に言い聞かせるようにきっぱりと言い切った。

「万全の医療と介護サービスを提供することは、医療と介護に従事する者の義務です。僕たちは全力を尽くしますし、法律や制度は万全を目指すべきだと思っています。ただ、人には心という厄介なものがあって、それは法律や制度じゃ救えないんです。これほど素晴しいサービスを提供しているのだから、患者さんは希望を持つはずだ、死にたいなんて思うはずがない……そんな風に考えるのは介護する側の傲慢《ごうまん》だと、自戒を込めてそう思います」

「先生は、やっぱり素晴しいお医者さんですね」

きれい事を言わない山下に、二三は改めて尊敬の念を覚えた。

と、千景と要がにわかに居住まいを正した。

「先生、本日はお願いがあって参りました！」

「な、なんですか？」

人が変ったような千景の迫力に、山下がたじろいだ。

「弊社の週刊誌『ウィークリー・アイズ』に、コラムの執筆をお願いしたいんです」

「コラム？」

「はい、連載で。まだ仮ですが『訪問医の聴診器』というタイトルを考えています。訪問診療医というお立場で経験なさった現代日本の問題点を、先生なりの視点で書いていただきたいんです」

「いや、急にそんなことを言われても、僕はもの書きじゃないし」

「私、調べました。ケニアから帰国なさった当時、新聞や総合誌に原稿をお書きになっていらっしゃいますね。内容はもちろん、視点がユニークで文章も読み易《やす》くて、大変素晴しいと感動致しました。今は訪問医としてのご経験も積まれて、より一層広い視野で世の中をご覧になっておられると思います。どうか弊誌に、忌憚《きたん》のないご意見をお書き下さい！」

要も千景に加勢した。

「先生、どうかお願いします。『ウィークリー・アイズ』の読者は五十代後半以上が主力なんです。ご両親の介護や、ご自身の老後に悩みと不安を抱えている世代です。先生のご経験を活《い》かして、皆さんを悩みと不安から解き放ってあげて下さい」

要と千景は揃《そろ》って頭を下げた。

山下は困惑を隠せなかったが、心を動かされた様子が見て取れた。親の介護と自身の老後は、現代人すべてに課せられた難題だった。日常的に当事者たちと身近に接している山下は、人一倍それを感じているだろう。

「先生、このお話はお引き受けになるべきだと思いますよ」

二三はハッとして振り返った。いつの間にか、一子が後ろに立っていた。何故か、天から降ってきた声のように感じられた。

「一子さんもそう思われますか？」

「はい」

一子は力強く答えて、真《ま》っ直《す》ぐに山下を見た。

「あたしは先生にお目に掛かるまで、訪問医さんを知りませんでした。そういうお医者さんがいると聞いたことはあったはずですが、こんなに身近にいらっしゃるとは夢にも思いませんでしたよ。だから病院でなく家で最期を迎えたいと思っても、無理だろうと諦《あきら》めていました」

山下がわずかに目を見開いた。

「あたしみたいな年寄りとその家族が、世の中には大勢いるはずです。先生のコラムが週刊誌に載れば、訪問医さんを知る人が増えますよ。それは先生、人助けじゃありませんか?」

山下は大きく息を吐き、テーブルに手をついて頭を下げた。

「お見事です。参りました」

頭を上げると、晴れやかな笑顔になった。

「丹後さん、このお話、お引き受けします。書くのは素人ですので、何とぞよろしくお願いします」

「やった!」

要と千景は椅子《いす》から腰を浮かせてハイタッチした。

「おばちゃ〜ん、先生の串カツ、揚がったよ!」

万里がカウンターから首を伸ばして呼びかけた。

「鈴木さんのナポリタン二つ、定食で！」

二三はカウンターを振り返り、注文を通した。

今日は五月十一日、火曜日。ランチタイムの〝みんなのナポリタン〟の、記念すべき初日だった。

鈴木さんのナポリタンは日替わり定食だが、ワンコインでも注文可能だった。しかし、半分以上のお客さんは定食を選ぶ。

本日の日替わりのもう一品は豚肉の生姜《しょうが》焼き。焼き魚は赤魚の麹漬《こうじづ》け、煮魚はカラスガレイ。小鉢は卵豆腐と切干し大根。味噌汁はニラと油揚。漬物はキュウリとナスの糠漬けだ。

「ああ、美味かった！」

鈴木さんのナポリタン定食を食べ終ったお客さんが箸を置いた。

「おばちゃん、来週〝近藤《こんどう》さんのナポリタン〟やってよ」

「どういうの？」

「ナポリタンの上に生姜焼き載せたやつ」

「え〜？」

隣の席のお客さんが混ぜっ返した。

「そんなら〝高橋《たかはし》さんのナポリタン〟もやってよ。トッピングがトンカツ！」

「〝太田《おおた》さんのナポリタン〟は餃子《ギョーザ》のトッピングです！」

「もう、うちはＣｏＣｏ壱番屋じゃありませんよ」

食堂に笑いの輪が広がった。

カウンターの中で万里と一子も笑っていた。

二三は温かい手が背中に触れ、そっと前に押し出してくれるのを感じた。

はじめ食堂に、また新しい幕が開いた。カレー、串カツ、ナポリタン。新しいメニューと新しい日々がやってくる。

どこまで行けるか分らないけれど、この道が続く限り前を向いて歩いて行こう。

一歩外に出れば、ポスターのように鮮やかな青い空が、真っ白い雲を浮かべて広がっている。吹き抜ける風は爽《さわ》やかで心地良い。

夏はもうすぐだった。

食堂のおばちゃんのワンポイントアドバイス

皆さま、『みんなのナポリタン　食堂のおばちゃん9』を読んで下さって、ありがとうございました。恒例により、作品に登場する料理の作り方をいくつか紹介させていただきます。

今回取り上げた串《くし》カツ・ナポリタン・豚汁《とんじる》・ふろふき大根などは、それこそ各ご家庭のお好みで作っていただく料理で、敢《あえ》てレシピを付けるまでもないかと思ったのですが、まあ〝はじめ食堂流〟として、ご参照下さい。そして例によって、分量と味付けは、どうぞご自身の胃袋とお好みに合わせて調節して下さい。

家庭料理に失敗はありません。思い立ったら作ってみましょう！

①串カツ4種

〈材　料〉

ラム肉・牛肉・豚肉・鶏肉《とりにく》　各適量

パプリカ・玉ネギ・長ネギ　各適量

小麦粉・卵・パン粉・塩・胡椒《こしょう》・揚げ油・串　各適量

〈作り方〉

●肉を一口大に切る。ラム肉はラムチョップ用の骨付きを買って、適当な大きさに切り分けると良い。

●パプリカと玉ネギは櫛《くし》形に、長ネギは長さ3センチくらいに切る。

●一本の串に野菜、肉の順番で五切れくらい刺す。組み合わせは鶏肉と長ネギ、豚肉と玉ネギ、ラム肉と牛肉にはパプリカがお勧め。

●材料を串に刺したら軽く塩・胡椒し、小麦粉・溶き卵・パン粉の順で衣を付けて油で揚げる。油の温度は170度、揚げ時間は4分が目安。材料の大きさによって調節する。

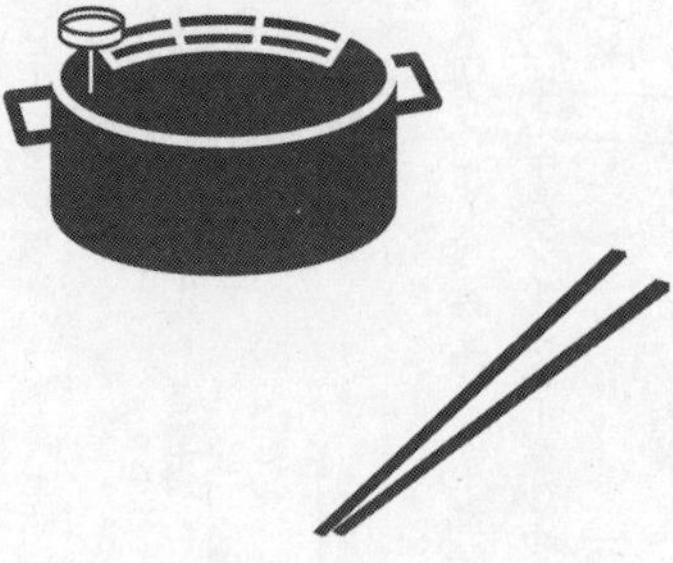

②スパゲッティ・ナポリタン

〈材　料〉２人分

スパゲッティ２００g　玉ネギ１個　ピーマン２個
ウインナーソーセージ６本　マッシュルーム６個
トマトケチャップ１２０g　サラダ油大匙《おおさじ》１　塩・胡椒　各適量

〈作り方〉

●スパゲッティを茹《ゆ》でる。
●玉ネギ・ピーマン・マッシュルームを薄切りにする。ウインナーは好みの厚さに斜め切りする。
●大きめのフライパンにサラダ油を引き、玉ネギとウインナーを炒《いた》め、少し火が通ったらピーマンとマッシュルームを加える。
●全体に火が通ったら塩・胡椒し、炒めた材料をフライパンの脇《わき》に寄せる。
●空けたスペースにケチャップを入れ、沸騰するまで火を通す。
●炒めた材料とケチャップをよく混ぜ合わせてからスパゲッティを入れ、全体によく絡《から》めて味を馴染《なじ》ませる。

〈ワンポイントアドバイス〉

☆仕上げにバターを加えるとコクが出ます。

☆チーズを振ったり、目玉焼きやハンバーグをトッピングしたり、ナポリタンの楽しみ方は無限です。

③参《サム》鶏《ゲ》湯《タン》

〈材　料〉２人分

手羽元４本　糯米《もちごめ》大匙２杯　長ネギ１本　ニンニク１片
生《しょう》姜《が》１片　日本酒50ｃｃ　塩小匙１杯　水８００ｃｃ

〈作り方〉

●長ネギは白い部分は食べやすい長さに、青い部分は鍋《なべ》に入る長さにぶつ切りにする。
●生姜は千切りにする。ニンニクはつぶす。
●鍋に材料をすべて入れて火にかけ、沸騰したら弱火にして一時間ほど煮る。出来上がったら、ネギの青い部分を取り除く。

〈ワンポイントアドバイス〉

☆器によそったら、お好みで刻んだ青ネギとゴマ油を少し入れてみて下さい。

④豚汁

〈材　料〉２人分

豚コマ肉２００g　人参《にんじん》２分の１本　大根４分の１本　里芋２個　ゴボウ４分の１本

玉ネギ２分の１個　こんにゃく４分の１袋　だしの素・味噌《みそ》・日本酒　各適量

〈作　り　方〉

●豚肉は一口大に切る。大根と人参はイチョウ切り、ゴボウは斜め薄切り、玉ネギは半月切りにし、こんにゃくはスプーンで適当な大きさに切り取る。

●里芋は洗って皮を剝《む》き、半分に切る。

●鍋に水を入れ、材料を全部入れて煮る。途中でアクを取り、酒を加え、必要ならだしの素を入れる。

●材料に充分火が通ったら、味噌を溶いて味付けする。

〈ワンポイントアドバイス〉

☆出来れば大きな鍋で、大人数分を作ってみて下さい。豚汁はたくさん作ると、不思議なことに各材料が互いに味を引き出し合って、ひと味もふた味も美味《おい》しくなるんですよ。

⑤パンを使ったおつまみ2種

1. 明太《めんたい》アボカド&焼き海苔《のり》

〈材　料〉

バゲット2切れ　明太子40g　アボカド2分の1個
レモン2分の1個　焼き海苔適量

〈作　り　方〉

●明太子は薄皮を取ってほぐし、アボカドはフォークでつぶす。
●ボウルに明太子とアボカドのマッシュを入れ、レモンの汁を搾って混ぜる（A）。
●バゲットをトースターで焼く（フランスパンモードで3分）。
●バゲットの上にAを載せ、焼き海苔を千切って散らす。

2. 筋子サワークリーム

〈材　料〉

食パン2枚　筋子20g　サワークリーム20g

ミントの葉適量

〈作り方〉

●食パンは1枚を四等分し、トースターで焼く（3分）。

●焼き上がったパンの上にサワークリームと筋子を載せ、ミントの葉を飾る。

⑥海老《えび》のチーズ焼き

〈材　料〉　2人分

刺身用海老（出来れば有頭）　2尾　バジルソース大匙2杯
パルメザンチーズ・イタリアンパセリ　各適量

〈作り方〉

●海老は縦半分に割り、身の側にバジルソースを塗り、パルメザンチーズを振る。
●魚焼きグリルで7～8分焼き、仕上げにみじん切りにしたイタリアンパセリを散らす。

⑦長芋のすり流し

〈材　料〉

長芋適量

出汁《だし》適量

〈作　り　方〉

●長芋を擂《す》り下ろす。

●出汁を加えてよく混ぜる。出汁の目安は「呑《の》んで美味しい」量。

〈ワンポイントアドバイス〉

☆卵黄を混ぜても美味しいですよ。

☆出汁を取るのが面倒なら、市販のめんつゆや白出汁を表示に従って水で割って使って下さい。

⑧ふろふき大根

〈材　料〉２人分

大根（厚さ３～４センチの輪切り）２個

白味噌１００g　みりん・日本酒・砂糖　各大匙４杯　柚子《ゆず》１個

〈作り方〉

●柚子は半分に切って、汁を搾る。種は後から取り除く。

●鍋に味噌・みりん・酒・砂糖・柚子の搾り汁を入れ、弱火にかけて混ぜながら火を通す。

●味噌が少し赤っぽくなり、気泡がフツフツからボコボコ上がるようになったら、更に２～３分煮詰めて火を止める。

●柚子の皮を擂り下ろして煮詰めた味噌に混ぜたら、柚子味噌が完成。

●大根の皮を剥き、裏側に十文字に切り込みを入れて水から茹でる。沸騰して２～３分したら水を替え（大根の臭みを取るため）、軟らかくなるまで煮る。

●茹で上がった大根に柚子味噌を適量かける。

〈ワンポイントアドバイス〉

☆大根を水でなく、出汁で煮るレシピもあります。

☆味噌ダレに挽肉《ひきにく》を加えても美味しい。

⑨じゃが味噌バター

〈材　料〉２人分

ジャガイモ中２個　味噌１００g　ニンニク１片
日本酒60ｃｃ　砂糖大匙５杯　サラダ油大匙１杯　バター適量

〈作　り　方〉

●ジャガイモはよく洗い、ラップに包んで電子レンジで加熱する。５００Wで７分間が目安。大きさによって調節を。
●加熱が終わったらラップを外し、十文字に切り込みを入れる。
●ニンニクを擂り下ろす。
●フライパンにサラダ油を引いて火にかけ、ニンニクを炒める。
●香りが立ってきたら酒と味噌、砂糖を加え、弱火にして焦げ付かないように炒める。
●ジャガイモにバターとニンニク味噌適量を載せて出来上がり。

〈ワンポイントアドバイス〉

☆ジャガイモはレンジでの加熱後、トースター、または魚焼きのグリルに1分ほど入れて焼き目を付けてから切り込みを入れると、香ばしさがプラスされます。

⑩ホタテの炊き込みご飯

〈材　料〉３人分

米２合　ホタテ１５０～２００g　塩小匙２杯と少々

薄口醤油《しょうゆ》・日本酒・ゴマ油　各大匙２杯　昆布約５センチ２枚　小ネギ適量

〈作　り　方〉

●ホタテに塩をもみ込み、水できれいに洗い流してから水気を切る。これでホタテの汚れや臭みが取れる。

●昆布は固く絞った濡《ぬ》れ布巾《ぶきん》で軽く拭《ふ》いて、表面の汚れを取る。

●小ネギは小さく刻む。

●フライパンにゴマ油を引き、ホタテを入れて両面に焼き目を付け、塩を少し振って味を付けたら取り出す。

●米を研いで電気釜《がま》に入れ、水３合と酒、薄口醤油、塩（適量）、昆布、ホタテを入れて炊飯する。

●炊き上がったら昆布を取り出してざっくりと混ぜ、小ネギを散らして出来上がり。

〈ワンポイントアドバイス〉

☆面倒な方は昆布と薄口醤油の代わりに白出汁やめんつゆを使っても構いません。味加減はご自身のお好みで。

☆小ネギの代わりに生姜の千切りを混ぜ込んでも美味しいですよ。

本書の第一話から第四話は「ランティエ」二〇二〇年九月号〜十二月号に、連載されました。第五話は書き下ろし作品です。

ハルキ文庫

や 11-11

みんなのナポリタン　食堂《しょくどう》のおばちゃん❾

著者　山口《やまぐち》恵《え》以《い》子《こ》

2021年1月18日第一刷発行
2021年1月28日第二刷発行

発行者　角川春樹

発行所　株式会社角川春樹事務所
〒102-0074 東京都千代田区九段南2-1-30 イタリア文化会館

電話　03(3263)5247(編集)
03(3263)5881(営業)

印刷・製本　中央精版印刷株式会社

フォーマット・デザイン　芦澤泰偉
表紙イラストレーション　門坂 流

ISBN978-4-7584-4389-0 C0193 ©2021 Yamaguchi Eiko Printed in Japan
http://www.kadokawaharuki.co.jp/［営業］
fanmail@kadokawaharuki.co.jp［編集］　ご意見・ご感想をお寄せください。

山口恵以子の本

食堂のおばちゃん

焼き魚、チキン南蛮、トンカツ、コロッケ、おでん、オムライス、ポテトサラダ、中華風冷や奴……。佃にある「はじめ食堂」は、昼は定食屋、夜は居酒屋を兼ねており、姑の一子《いちこ》と嫁の二三《ふみ》が、仲良く店を切り盛りしている。心と身体と財布に優しい「はじめ食堂」でお腹一杯になれば、明日の元気がわいてくる。テレビ・雑誌などの各メディアで話題となり、続々重版した、元・食堂のおばちゃんが描く、人情食堂小説（著者によるレシピ付き）。

ハルキ文庫

山口恵以子の本

恋するハンバーグ
食堂のおばちゃん2

トンカツ、ナポリタン、ハンバーグ、オムライス、クラムチャウダー……帝都ホテルのメインレストランで副料理長をしていた孝蔵は、愛妻一子と実家のある佃で小さな洋食屋をオープンさせた。理由あって無銭飲食した若者に親切にしたり、お客が店内で倒れたり――といろいろな事件がありながらも、「美味しい」と評判の「はじめ食堂」は、今日も大にぎわい。ロングセラー『食堂のおばちゃん』の、こころ温まる昭和の洋食屋物語。巻末に著者のレシピ付き。(文庫化に際してサブタイトルを変更しました)

山口恵以子の本

愛は味噌汁
食堂のおばちゃん3

オムレツ、エビフライ、豚汁、ぶり大根、麻婆ナス、鯛茶漬け、ゴーヤチャンプル――……昼は定食屋で夜は居酒屋。姑の一子《いちこ》と嫁の二三《ふみ》が仲良く営んでおり、そこにアルバイトの万里《ばんり》が加わってはや二年。美味しくて財布にも優しい佃の「はじめ食堂」は常連客の笑い声が絶えない。新しいお客さんがカラオケバトルで優勝したり、常連客の後藤に騒動が持ち上がったり、一子たちがはとバスの夜の観光ツアーに出かけたり――「はじめ食堂」は、賑やかで温かくお客さんたちを迎えてくれる。文庫オリジナル。

山口恵以子の本

食堂メッシタ

ミートソース、トリッパ、赤牛のロースト、鶏《とり》バター、アンチョビトースト……美味《おい》しい料理で人気の目黒の小さなイタリアン「食堂メッシタ」。満希《まき》がひとりで営む、財布にも優しいお店だ。ライターの笙子《しょうこ》は母親を突然亡くし、落ち込んでいた時に、満希の料理に出会い、生きる力を取り戻した。そんなある日、満希が、お店を閉めると宣言し……。イタリアンに人生をかけた料理人とそれを愛するひとびとの物語。

ハルキ文庫